ATRIUM

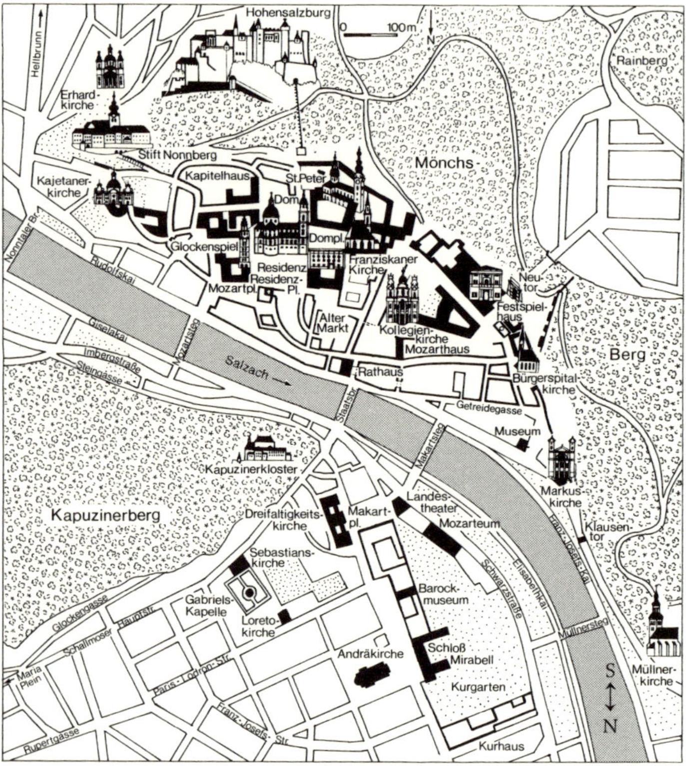


DuMont Stadtkartographie Salzburg © MairDumont D-Ostfildern, 1978

# INHALTSVERZEICHNIS


*7 An Stelle eines Vorwortes – Anmerkungen des Verlegers Kurt Leo Maschler*

*11* Vorwort an die Leser (1948)

*13* Vorrede an die Leser (1938)

*18* Vorrede an den Verfasser

*25* Die Vorgeschichte

*28* Der Plan

*31* Der kleine Grenzverkehr

*38* Das große Erlebnis

*64* Der freie Tag

*79* Der Blitz aus heiterem Himmel

*83* Die neue Wendung

*90* Das Spiel im Schloss

*99* Die Tischszene

*105* Das Interregnum

*111* Für alle Fälle

*122* Der Abschied

*136* Die Heimkehr

*139* Anmerkungen

# AN STELLE EINES VORWORTES – ANMERKUNGEN DES VERLEGERS KURT LEO MASCHLER

## DER KLEINE GRENZVERKEHR

Ich war Erich Kaestners Verleger in Berlin, und als ich mich im Jahre 1937 entschloss, fuer kurze Zeit nach Wien zu gehen (ich hatte nicht nur einen oesterreichischen Pass, sondern auch ein Buero in Wien), wollte ich einige Buecher ueber Oesterreich bringen. Ich schlug Kaestner und Walter Trier vor, ein Buch ueber Salzburg zu schreiben. Es sollte den Titel haben *Hier wohnt das Glueck*. Eine Anmerkung darueber finden Sie im Buch.

Es ist ja wohl bekannt, dass Kaestners Buecher im Mai 1933 zusammen mit Buechern von Thomas Mann, Heinrich Mann etc. verbrannt wurden und in Deutschland dann verboten waren.

Da Kaestner als nicht erlaubter deutscher Autor und Nichtmitglied der Reichsschrifttumskammer nicht noch weitere Schwierigkeiten wegen Devisen-Vergehen riskieren wollte, schrieb er an die Devisenstelle, ob er das Geld von seinem Schweizer Verleger (inzwischen hatte ich in der Schweiz den Atrium Verlag gegruendet) in Salzburg annehmen darf, da er ein Buch ueber Salzburg schreiben wolle. Die Devisenstelle schrieb ihm, dass sie ihm die Genehmigung nicht geben koenne und dass dafuer die Reichsschrifttumskammer zustaendig sei. Er schrieb an diese Behoerde, und sie schrieben, dass auch sie ihm die Genehmigung nicht geben koennen, da er nicht Mitglied sei.

Der Termin der Eroeffnung der Festspiele rueckte naeher. Der Direktor der Festspiele hatte es sehr begruesst, dass Kaestner ein Buch ueber Salzburg schreiben wollte, und stellte Kaestner und Walter Trier Karten fuer saemtliche Auffuehrungen zur Verfuegung.

Um trotz allem fahren zu koennen, kam Kaestner auf die glorreiche Idee, nach Bad Reichenhall zu fahren; er wohnte dort im Hotel Axelmannstein und hatte alle Bequemlichkeiten und fuhr taeglich mit dem Autobus und einem Stullenpaket nach Salzburg; seinen Smoking hatte er bei Walter Trier, der auch inzwischen in Salzburg eingetroffen war, deponiert.

Das ist die wirkliche Vorgeschichte. Alles Weitere geht aus dem Buch hervor.

Als die Nazis im Maerz 1938 in Wien einmarschierten, lagen auf meinem Schreibtisch die Korrekturabzuege des Buches, die ich 3 Tage spaeter, nachdem ich ueber Nacht zwangslaeufig Deutscher wurde und mich in Wien nicht mehr sicher fuehlte, mit nach Holland nahm. Aber das Buch erschien zuerst unter dem Titel *Georg und die Zwischenfaelle* und ohne Illustrationen von Walter Trier, da ich fuer ein von den Nazis beherrschtes Salzburg keine Propaganda machen wollte. Erst nach dem Krieg kam das Buch mit den Bildern von Walter Trier unter dem Titel *Der Kleine Grenzverkehr* heraus.

Kurt Leo Maschler

# VORWORT AN DIE LESER

Als ich dieses kleine Buch, während der Salzburger Festspiele anno 1937, im Kopf vorbereitete, waren Österreich und Deutschland durch Grenzpfähle, Schlagbäume und unterschiedliche Briefmarken »auf ewig« voneinander getrennt. Als das Büchlein im Jahre 1938 erschien, waren die beiden Länder gerade »auf ewig« miteinander verbunden worden. Man hatte nun die gleichen Briefmarken und keinerlei Schranken mehr. Und das kleine Buch begab sich, um nicht beschlagnahmt zu werden, hastig außer Landes.

Habent sua fata libelli, wahrhaftig, Bücher haben auch ihre Schicksale. Jetzt, da das Buch in einer neuen Auflage herauskommen soll, sind Deutschland und Österreich wieder voneinander getrennt. Wieder durch Grenzpfähle, Schlagbäume und unterschiedliche Briefmarken. Die neuere Geschichte steht, scheint mir, nicht auf Seiten der Schriftsteller, sondern der Briefmarkensammler. Soweit das ein sanfter Vorwurf sein soll, gilt er beileibe nicht der Philatelie, sondern allenfalls der neueren Geschichte.

Der Verleger, der Autor und der Illustrator des Buches lebten früher einmal in derselben Stadt. In einer Stadt namens Berlin. Nun haust der eine in London, der andere in München und der dritte in Toronto. Sie haben, jeder auf seine Weise, mancherlei erlebt. Klio, die gefährliche alte Jungfer, hat sie aus ihren Häusern, Gewohnheiten und Träumen getrieben und zu Zigeunern gemacht. Wenn sie voneinander Briefe bekommen, mit seltsamen Marken und Stempeln, lächeln sie und schenken die Kuverts irgendwelchen kleinen Jungen. Denn ob in England, Deutschland oder Kanada – kleine Jungen, die Briefmarken sammeln, findet man immer.

Zürich, im Frühjahr 1948 Erich Kästner

# VORREDE AN DIE LESER

Aus dem Vorwort der ersten Auflage 1938

Dieses Salzburger Tagebuch, das ich hiermit der Öffentlichkeit übergebe, stammt von meinem besten Freunde. Georg Rentmeister heißt der junge Mann. Als er, vor nunmehr einem Jahr, von Berlin nach Salzburg reiste, musste er eine Landesgrenze überschreiten, die es heute nicht mehr gibt.
Da fällt mir ein, dass Sie meinen Freund Rentmeister noch gar nicht kennen. Deshalb sollen Sie, bevor Sie seine Aufzeichnungen lesen, erst einmal einiges über ihn selber erfahren. Das ist Ihr gutes Recht, und schaden kann es auch nicht, denn Georg ist ein Kapitel für sich. Zum Beispiel: Seit wir befreundet sind, nunmehr fünfzehn Jahre, betätigt er sich als Schriftsteller, ohne dass bis heute auch nur eine Zeile von ihm erschienen wäre.
Woran das liege, werden Sie fragen. Er besaß von Anfang an den imposanten Fehler, sich Aufgaben zu stellen, deren jede einzelne als Lebenszweck angesprochen werden muss.

Ich will Ihnen ein paar seiner Arbeiten, die mit Grund kein Ende finden, aufzählen und bin halbwegs sicher, dass Sie ihm die rückhaltlose Bewunderung, die er verdient und in die sich wohl gar ein leiser Schauder mischen dürfte, nicht länger vorenthalten werden.

Georg arbeitet unter anderem an einem Buch »Über den Konjunktiv in der deutschen Sprache, unter Berücksichtigung des althochdeutschen, des mittelhochdeutschen und des frühneuhochdeutschen Satzbaus«.

In einem seiner fünf Arbeitszimmer türmen sich, in Kisten und Kästen gestapelt, die auf dieses Thema bezüglichen Exzerpte aus den Werken älterer und neuerer Schriftsteller, und an der Tür des Konjunktiv-Zimmers hängt ein Schild mit der drohenden Aufschrift: »Consecutio temporum!«

An der Nebentür liest man: »Antike und Christentum!« Und auch hinter dieser Tür stehen randvoll beladene Schränke, Kisten und Kästen. Hier birgt Georg die Ergebnisse und Erkenntnisse für das von ihm geplante Fundamentalwerk »Über die mutierenden Einflüsse der Antike und des Christentums auf die mitteleuropäische Kunst und Kultur«.

Soviel ich verstanden habe, handelt es sich um die Darstellung des Verlaufs zweiter eingeschleppter Krankheiten, die seit je, manchmal gleichzeitig, manchmal zyklisch auftretend, an einem Organismus namens Mitteleuropa zehren. Ungefähr seit dem Jahr 1000

p. Chr. n. sei der genannte geographische Bezirk für den Kulturhistoriker ein pathologischer Fall, behauptet Georg.
Der arme Mensch!
An der dritten Tür steht das Wort »Stenographie!«. Georg arbeitet seit zehn Jahren an einer funkelnagelneuen Kurzschrift, welche die Mängel der bisherigen Systeme beseitigen und unabsehbare Vorzüge hinzufügen soll. Georgs Augenmerk richtet sich auf die Erhöhung der pro Minute schreibmöglichen Silbenzahl, und zwar mithilfe der Methode, ganze Sätze in einem ununterbrochenen Schriftzuge niederzuschreiben. Er glaubt zuversichtlich, dass man dann in einer Minute bequem wird dreihundert Silben stenographieren können. Da nun auch der hastigste Redner nicht mehr als zweihundertfünfzig Silben spricht, leuchtet mir die Bedeutung des Projekts, dreihundert zu schreiben, freilich nicht ganz ein. Aber Georg hat sich in die Sache verrannt. Er ist ein Sisyphus, der sich freiwillig gemeldet hat.
Es wird niemanden überraschen, dass auch diese Arbeit noch in den Kinderschuhen steckt.
Der Wortlaut der übrigen Türschilder ist mir nicht gegenwärtig. Eins aber steht fest: In jedem der fünf Arbeitszimmer befindet sich, außer den einschlägigen Büchern, den Schränken, Kisten und Kästen, je ein Schreibtisch.

Fünf Schreibtische also, fünf Schreibstühle, fünf Tintenfässer, fünf Schreibblocks und fünf Terminkalender! Und so wandert denn Georg, der Unheimliche, zwischen seinen unvollendeten Lebenswerken, bald an dem einen, bald am andern arbeitend, äußerst gedankenvoll hin und her. Die Sekretärin, die er hat und »die kleine Tante« nennt, macht einen leicht verwirrten Eindruck. Das ist verzeihlich.

Glücklicherweise kann Georg es sich leisten, seinen kostspieligen geistigen Begierden nachzugeben. Er ist der Miterbe einer sehr großen Fabrik, in der Badewannen aus Zink hergestellt werden; Wannen, in denen man sitzen, Wannen, in denen man liegen, und winzige Wannen, in denen man kleine Kinder ein- und abseifen kann. Die Fabrik liegt in einem romantischen deutschen Mittelgebirge; und der ältere Bruder, der das blühende Unternehmen leitet, zahlt Georg jede Summe, vorausgesetzt, dass dieser den Zinkbadewannen fernbleibt.

Georg bleibt fern.

Er wohnt in Berlin und kommt selten aus seinen fünf Studierzimmern heraus. Im vergangenen Spätsommer, da verließ »Doktor Fäustchen«, wie wir ihn nennen, allerdings den Konjunktiv, die Antike, die Stenographie und das Christentum, um sich zu erholen. Als er, einige Wochen später, zurückkam, drückte er mir das Tagebuch in die Hand, das er während der Ferien geführt hatte. Es ist begreiflich, dass ein Mann wie er nicht hatte untätig sein können; ich fand's erfreulich, dass er endlich einmal eine Arbeit, wenn auch nur ein Ferientagebuch, zu Ende gebracht hatte. Ich las das Manuskript und schickte es meinem Verleger. Dem gefiel's, und er ließ es drucken. Ihn und mich würde es freuen, wenn das Buch auch dem Publikum gefiele.

Berlin, Sommer 1938 Erich Kästner

P.S.: Mein Freund Georg hat übrigens keine Ahnung, dass sein Tagebuch gedruckt worden ist, und wird aus allen Wolken fallen.

# VORREDE AN DEN VERFASSER

Mein lieber Georg!

Du hast keine Ahnung, dass Dein Tagebuch gedruckt worden ist, und wirst aus allen Wolken fallen. Ich besaß Deine Erlaubnis nicht, das Manuskript aus der Hand, geschweige in Druck zu geben. Doch was willst Du? Warum sollst Du es besser haben als andere Schriftsteller?
Ich hoffe, dass Dir das einleuchtet. Immerhin bin ich, ehrlich gestanden, froh, dass Du, während das Buch erscheint, nicht in Berlin, sondern auf Ceylon weilst. Die Vorstellung, die ich mir von Deiner Überraschung mache, genügt meinem Sensationshunger vollkommen. Der Erfahrung kann ich in diesem Falle, wie auch in vielen anderen Fällen, durchaus entraten. Möge Dein Zorn, bis Du heimkehrst, verraucht sein und womöglich der sanften Genugtuung darüber Platz gemacht haben, so dass Du ohne eigenes Zutun begonnen hast, ein nützliches Glied der menschlichen Gesellschaft zu werden.

Grüße Deine junge Frau von mir! Es ist mir nach wie vor unverständlich, dass dieses hinreißende Geschöpf Dich heiraten konnte. Gewiss, Du bist gescheit, gesund, wohlhabend, hübsch, ein bisschen verrückt und von heiterem Gemüte – aber sind das ausreichende Gründe? Doch ich ahne, woran es zuletzt gelegen hat, dass sie Dich nahm. Du wirst gefragt haben, ob sie Dich nehmen wolle! (Ich vergesse jedes Mal zu fragen und werde demzufolge Junggeselle bleiben. Denn wenn man in den Wald nicht hineinruft, braucht man sich nicht zu wundern – doch Du weißt schon, was ich sagen will.)
Eurer baldigen Heimkunft sieht in edler Fassung entgegen

Euer Erich

P.S.: In den Briefen des J.M.R. Lenz habe ich einige Konjunktivsätze gefunden, die Dich interessieren werden. Ich habe sie der kleinen Tante zur Abschrift gegeben, und Du kannst das Exzerpt zu den übrigen legen, falls in Deinen Kisten noch Platz ist.
N.B.: Als Schriftsteller und Mensch wirst Du mit Befriedigung feststellen, dass der Wortlaut Deines Manuskriptes nicht angetastet worden ist. Ich habe mir lediglich erlaubt, das Tagebuch durch Kapitelüberschriften zu gliedern.
Entschuldige, Fäustchen!

# DAS SALZBURGER TAGEBUCH DES GEORG RENTMEISTER
oder
# DER KLEINE GRENZVERKEHR

*Geschrieben im August und September*
*des Jahres 1937*
*(nach Christi Geburt)*

Motto: »*Hic habitat felicitas!*«

»Hier wohnt das Glück.«
Diese Inschrift stand auf einem altrömischen
Mosaikfußboden, den man in Salzburg fand,
als man für das Mozart-Denkmal
den Grund legte.

# DIE VORGESCHICHTE

*Berlin, Ende Juli 1937*

Karl hat mir aus London geschrieben und fragt, ob ich ihn Mitte August in Salzburg treffen will. Er ist von der Leitung der Salzburger Festspiele eingeladen worden, da man ihn fürs nächste Jahr als Bühnenbildner gewinnen möchte. Diesmal wollen sie sich ihn und er soll sich einige Aufführungen anschauen. Man hat ihm für eine Reihe von Stücken je zwei Karten in Aussicht gestellt. Ich war lange nicht im Theater und werde fahren.

Ich darf nicht vergessen, ein Devisengesuch einzureichen. Denn da Salzburg in Österreich liegt, muss ich die Grenze überschreiten; und wer zur Zeit die Grenze überschreitet, darf, pro Monat, ohne weitere Erlaubnis höchstens zehn Reichsmark mitnehmen. Nun habe ich mathematisch einwandfrei festgestellt, dass ich in diesem Fall an jedem Tag – den Monat zu dreißig Tagen gerechnet – genau 33,3333 Pfennige ausgeben kann, noch genauer 33,3333333 Pfennige.

Was zu wenig ist, ist zu wenig! Das Gesuch um die Bewilligung einer größeren Summe ist unerlässlich. Ich werde es noch heute der kleinen Tante diktieren und abschicken.

*Berlin, Mitte August*

Karl ist schon seit Tagen in Salzburg und hat, ungeduldig, wie er ist, depeschiert. Er will wissen, warum ich noch nicht dort bin und wann ich wohl eintreffe. Daraufhin habe ich die Devisenstelle angerufen und mich erkundigt, ob ich in absehbarer Zeit auf eine Beantwortung meines Gesuchs rechnen könne; ich bäte, meine Neugierde zu entschuldigen, aber die Salzburger Festspiele gingen programmgemäß am 1. September zu Ende. Der Beamte hat mir wenig Hoffnung gemacht. Die Gesuche, meinte er, türmten sich in den Büros; und es gäbe begreiflicherweise dringlichere Anträge als solche von Vergnügungsreisenden. Nun habe ich also die Erlaubnis des Wehrkreiskommandos und die der Passstelle: Ich darf für vier Wochen nach Österreich.
Doch was nützt mir das, solange ich nur zehn Mark mitnehmen kann?

*Berlin, 19. August*

Karl bombardiert mich mit Depeschen. Ob ich glaubte, dass die Festspiele meinetwegen verlängert würden, telegraphiert er, und er sei bereit, mit Toscanini wegen einer Prolongation zu verhandeln; ich müsse nur noch angeben, wann ich genauestens zu kommen gedächte; ob schon im November oder erst im Dezember.

Was kann ich tun? Die Devisenstelle hat noch keinen Bescheid geschickt. Und ich traue mich nicht, schon wieder anzurufen. Die Leute haben schließlich andre Dinge im Kopf als meine Ferien.

Erich hat mich auf eine Idee gebracht, die nicht übel ist. Ich habe anschließend mit dem Hotel Axelmannstein in Bad Reichenhall telefoniert und ein Zimmer mit Bad bestellt. Ich kenne das Hotel von früher. Sehr komfortabel; Golfplatz, Schwimmbad, Tennisplätze, alles im Hause. Um die Fahr- und Bettkarte ist die kleine Tante unterwegs. Sie ist auch angewiesen, mir die Antwort der Devisenstelle nachzusenden. Heute Abend kann die Reise losgehen.

# DER PLAN

*Im Schlafwagen, 19. August*

Mir ist recht verschmitzt zumute. Es ist Nacht. Der Zug donnert durch Franken. Ich liege im Bett, trinke eine halbe Flasche Roten, rauche und freue mich auf Karls dummes Gesicht.

Er wird kein klügeres ziehen als vor wenigen Stunden der alte Justizrat Scheinert am Anhalter Bahnhof.

»Hallo, Doktor«, rief er, als er mich sah, »wo fahren Sie denn hin?«

»Nach Salzburg!«, antwortete ich.

»Nach Salzburg? Sie Glücklicher! Wo werden Sie denn wohnen?«

»In Reichenhall!«

Der gute Mann hat schon von Hause aus kein sehr durchgeistigtes Antlitz, doch jetzt wirkte er tatsächlich wie ein Schaf mit Hornbrille.

In Österreich ins Theater gehen, in Deutschland essen und schlafen: Die Ferien versprechen einigermaßen originell zu werden! Mein alter Schulatlas hat mich davon überzeugt, dass Reichenhall und Salzburg keine halbe Bahnstunde auseinanderliegen. Eisenbahnverbindungen sind vorhanden. Der Pass ist in Ordnung. So werde ich denn für meine Person den sogenannten kleinen Grenzverkehr permanent gestalten.

In Reichenhall werde ich als Grandseigneur leben, in Salzburg als Habenichts; und jeden Tag werde ich der eine und der andere sein. Welch komödienhafte Situation! Und da haben die Herren Dichter Angst, die Erde könnte, infolge des sogenannten Fortschritts, unromantisch werden!

Man sollte sich diesbezüglich keine Sorgen machen. Die meisten Länder haben schon ihre Devisengesetze. – Die Flasche ist leer. Drum schließ' ich meine Äuglein zu.

*Im Speisewagen, 20. August*

Das Frühstück ist die schönste Tageszeit. Der Schnellzug eilt durch die bayrischen Berge. Die Bauern spießen das Heu, damit es trockne, auf in den Wiesengrund gerammte Pflöcke. Und die Sommerlandschaft dreht sich heiter um uns, »wie eine Platte auf Gottes großem Grammophon«. Ich sitze im Raucherabteil und habe soeben eine Feststellung gemacht. Die Eisenbahngesellschaften aller Länder haben zwei Sorten Coupés in Betrieb, die Raucher- und die Nichtraucherabteile. So weit scheint die Sache in Ordnung – doch sie scheint es nur. Im Nichtraucherabteil ist das Rauchen verboten; demzufolge müsste im Rauchercoupé das Nichtrauchen verboten sein! Doch dem ist nicht so, und derartige Inkonsequenzen verletzen mein Gerechtigkeitsgefühl aufs tiefste. Wie schön wäre das, wenn der Schaffner jetzt ins Raucherabteil träte und diejenigen, die nicht rauchen, in Strafe nähme und streng ins Nichtrauchercoupé spedierte! Nichts auf der Welt ist vollkommen. Doch ich muss aufhören. Wir haben Freilassing passiert. Die nächste Station heißt Reichenhall.

# DER KLEINE GRENZVERKEHR

*Reichenhall, 20. August*

Eben bin ich aus Salzburg zurückgekommen; nun hock' ich, Mitternacht ist vorbei, in der Hotelbar und trinke das vielgeliebte »Charlottenburger Pilsner«, wie die Freunde die herzhafte Mischung aus Sekt und Bier getauft haben.

Vor sechs Jahren war ich zum letzten Mal in Salzburg. Doch als Karl und ich heute Mittag im Garten des Stieglbräus, hinten in der »Welt«, saßen und auf die Stadt der streitbaren und kunstsinnigen Erzbischöfe hinabschauten, war ich von neuem überwältigt. Auch Anmut kann erschüttern.

Der Blick auf das halbe Dutzend durch Portale, Kolonnaden und Portikusse miteinander verbundener Paläste und auf die vielgestaltigen Türme und Dächer, die den Grundriss des komplexen Platzgefüges klar und doch lebendig wiederholen – dieser Anblick ist nördlich der Alpen einzig. Kein Wunder, denn jene geistlichen Fürsten, die Salzburg erschu-

fen, wollten und bauten eine italienische Residenz.
Der Zusammenklang der verschiedenen Farben und Farbtöne, die alle ins Heitere zielen, vollendet, was eigentlich keiner Vollendung bedarf. Die Dächer schimmern grün, schiefergrau und mennigrot. Über allem ragen die marmorweißen Türme des Doms, das dunkelgrau, weinrot und weiß gesprenkelte Dach der Franziskanerkirche, die altrosa Türme der Kollegienkirche mit ihren weißen Heiligenfiguren, der graugrüne Turm des Glockenspiels und andre rostrote und oxydgrüne Kuppeln und Turmhelme. Man sieht eine Symphonie.
Karl erzählte mir, dass Wolf Dietrich von Raitenau, mütterlicherseits ein Medici, einer jener wappen- und waffenfreudigen Renaissancefürsten, die sich Erzbischöfe nannten, um das Jahr 1600 das alte Münster und über hundert Wohnhäuser abreißen ließ, um einen neuen Dom zu errichten. Er berief einen Schüler Palladios, der den Grund legte. Dann stockte das Bauvorhaben; denn Wolf Dietrich ließ sich unvorsichtigerweise in eine Fehde mit Bayern ein und wurde auf der Hohensalzburg, seiner eigenen Festung, bis zum Tode eingesperrt.
Markus Sittikus von Hohenems, der Vetter und Nachfolger, berief einen andren italienischen Baumeister. Der riss den neuen Baugrund heraus und fing

von vorn an. Erst unter der Regierung des Grafen Paris Lodron, des nächsten Erzbischofs, wurde der Dom vollendet.

Das war im Jahre 1628, also im Dreißigjährigen Kriege, der Salzburg überhaupt nicht berührte. »Hic habitat felicitas!«

Diese drei absoluten Herrscher zwangen ihre Residenz zur architektonischen Vollkommenheit. Ihren Nachfolgern, den im Barock und Rokoko lebenden Kirchenfürsten, blieb nur noch übrig, die bereits erreichte Perfektion räumlich auszubreiten; in vor der damaligen Stadt gelegenen Schlössern, die für Mätressen errichtet wurden; in Parks und Lustgärten voll steinerner Fabeltiere und mythologischer Figuren.

Als sich Salzburg baulich erfüllte, riefen die Erzbischöfe aus Italien andre Künste herbei: die Musik und das Theater. Noch Mozarts Vater brachte es nur bis zum zweiten Kapellmeister, da auch im achtzehnten Jahrhundert der erste Kapellmeister Italiener sein musste.

Karl will mir nächstens und unbedingt das Steinerne Theater zeigen, das Markus Sittich in Hellbrunn, auf dem Berg hinter dem Monatsschlösschen, errichten ließ. In diesem mitten im Wald gelegenen Felsentheater, einem ehemaligen Steinbruch, wurden die ersten italienischen Opern auf deutschem Boden aufgeführt.

*»Erzengel und Teufel«*
*Motiv aus dem Höllbräu*

Salzburg ist zur theatralischen Szenerie geboren und berufen. Es ist kein Zufall, dass jetzt, im zwanzigsten Jahrhundert, die »Festspiele« Salzburg internationalen Ruhm eintragen. Ob man vor Jahrhunderten im Steinernen Theater die ersten europäischen Opern spielte oder heute vor dem Dom und in der Felsenreitschule Hofmannsthal und Goethe, diese Stadt ist mit dem Spieltrieb verschwistert.
An unserem Tisch im Stieglbräu saßen Einheimische. Sie sprachen über das Theater, als seien sie, ob Bäcker, Schuster oder Schneider, Leute vom Bau. Sie verglichen die verschiedenen im Lauf der Jahre aufgetretenen Titelhelden des »Jedermann«, debattierten wie Kritiker vom Fach und einigten sich dahin, dass M. als Jedermann mit Abstand »am schönsten gestorben« sei.

*Reichenhall, 20. August, spätabends*

Die Bar war schließlich so leer, dass ich es vorgezogen habe, mich mit zwei Flaschen Pilsner in mein Zimmer zurückzuziehen.
Ich liege im Bett und studiere eine Salzburger Zeitung. Die Redaktion teilt mit, dass in dieser Festspielzeit mehr als 60000 Fremde in Salzburg abgestiegen

sind und dass diese Fremden etwa 15000 Automobile mitgebracht haben. Wenn man unterstellt, dass in einem Wagen durchschnittlich drei bis vier Personen reisen, so ergibt sich zweifelsfrei, dass ich der einzige Zugereiste bin, der nicht im Auto angekommen ist.
Ich fahre im Autobus. Er hält in Reichenhall vor meinem Hotel und trifft, trotz zweier Passkontrollen, kaum eine halbe Stunde später auf dem Residenzplatz in Salzburg ein.
Die zehn Mark, die ich in einem Monat drüben verleben darf, habe ich bereits heute ausgegeben. Der Leichtsinn zwickte mich förmlich. Ich habe alles gekauft, was mir vors Portemonnaie kam: Mozartkugeln, Ansichtskarten, Brezeln. Sogar englische Gummibonbons! Ab morgen bin ich, auch wenn ich nur einen Kaffee »mit Schlag« trinken will, Karl auf Gnade und Barmherzigkeit ausgeliefert.
Übrigens habe ich, da wir morgen zum »Faust« gehen, schon heute meinen Smoking über die Grenze transportiert und bei Karl abgeliefert. Er wohnt im Höllbräu, einem ebenso prächtigen wie alten Gemäuer. Man muss über viele schmale ausgetretene Stiegen klettern, bis man in das Zimmerchen gelangt. Nun hängt mein Smoking also in Österreich. Ob er Heimweh hat?
Morgen Mittag treffe ich Karl im Café »Glockenspiel«. Ich werde keinen Pfennig Geld, jedoch ein

fürstliches Lunchpaket mitnehmen. Das darf man. Karl will früh im Mirabellgarten zeichnen. Überhaupt, er aquarelliert, zeichnet, tuscht und rötelt wie ein Besessener. Er ist – und das hat Salzburgs Schönheit bewirkt – chronisch »angeheitert«.

Elf Uhr nachts, als mein Autobus am Residenzplatz losfuhr, stand er noch immer vor der Post und malte den Hofbrunnen, dieses italienische Meisterstück unter den Brunnen: die vier steinernen Pferde mit ihren Flossen und Fischschuppen; mit Mähnen, die Allongeperücken ähneln; die Fontänen, die aus den Nüstern der Wasserhengste hervorschießen und in der künstlichen Nachtbeleuchtung silbern aufschäumen; und im Hintergrund der schweigsame Dom und die Front der noch verschwiegeneren Residenz – eine tolle Szenerie! Gute Nacht, Herr Malermeister!

# DAS GROSSE ERLEBNIS

*Reichenhall, 21. August*

Der Tag dämmert herauf, und ich kann nicht schlafen. Wie ein angestochenes Kalb bin ich durch die nächtlichen Straßen gerannt; nach Bayrisch-Gmain und zurück; zum Bahnhof; die Salzburger Chaussee hinaus und wieder zurück. In der Bar saß ich zehn Minuten. Dann lief ich wieder ins Freie, hockte irgendwo auf einem niedrigen Villenzaun …

Dass mir das passieren musste!

Ich bin verliebt! Ein bisschen verliebt, das hätte ich mir gefallen lassen, aber gleich so! Verliebt wie ein Primaner meinetwegen, aber gleich wie eine ganze Prima? Ich kriege keine Luft, wenn ich an das Mädchen denke. Dabei denk' ich unaufhaltsam an sie! Mir ist zum Ersticken. Ein entsetzlich herrlicher Zustand!

Als ich mittags in Salzburg ankam, war Karl noch nicht im Café. Meine Brieftasche lag in Reichenhall, und ich war, »wie das Gesetz es befahl«, ohne einen

Pfennig Geld. Ich trat in die winzig kleine Michaelskirche – von drei Seiten ist sie überdies zugebaut – und betrachtete die Kerzen und Dankschreiben, die dem heiligen Thaddäus von geheilten Fußkranken dargebracht worden sind. Im Vorraum besah ich mir die Sammelbüchse, über der die Worte »Sparkasse für die Ewigkeit« stehen, und die Ankündigung von »Autobus-Wallfahrten«, bei deren einigen der »Pass erforderlich« ist. (Ob auch die Kreuzritter, wenn sie ins Heilige Land zogen, Pässe brauchten?)

Als ich aus der Kirche trat, goss es in Strömen. Ich stürzte ins Café »Glockenspiel«, bestellte einen Kaffee, las eine Zeitung nach der andern und wartete auf Karl.

Ich saß auf Kohlen. Der Kaffee war getrunken, und der Ober, so schien's mir, umschlich mich wie ein Bravo. Was sollte ich anfangen, wenn der Malfritze nicht kam? Die verabredete Treffzeit war um eine volle Stunde überholt. Es war aussichtslos, länger zu warten. Mir blieb nichts übrig: Ich musste einen der Gäste bitten, mir den Kaffee zu zahlen! Da hatte ich die romantische Situation, die ich mir so liebreich ausgemalt hatte!

Ich taxierte die Gäste auf ihre Eignung hin, einen wohlhabenden Fremden zu einer Tasse Kaffee einzuladen, die er bereits getrunken hatte. Und da sah ich sie!

Sie heißt Konstanze. Kastanienbraunes Haar hat sie und blaue Augen – aber auch wenn's umgekehrt wäre, bliebe sie vollkommen.
Wahrscheinlich hatte sie die Unruhe, mit der ich auf jemanden wartete, beobachtet, und nun blickte sie belustigt zu mir herüber. Vielleicht, wenn sie nicht gelächelt hätte, aber so!
Ich stand auf, ging hinüber, gestand ihr meine Notlage und bat sie, mich zu bedauern und mir zu helfen.
Sie lachte – oh, ist Salzburg eine musikalische Stadt! –, sie lachte und forderte mich zum Sitzen auf. Sie zahlte den Kaffee und lud mich zu einer zweiten Tasse ein. Ich weiß, dass ich das abschlug; was wir sonst geredet haben, weiß ich nicht. (Es steht außer Frage: Verliebtheit gehört ins Gebiet des akuten Irreseins. Die Infektion des Gemüts deformiert das Verstandes- und Willensleben des Kranken bis zur Unkenntlichkeit.)
Dann brach sie auf. Selbstverständlich kam ich mit. Wir machten Besorgungen. Erst auf dem bunten Markt vor der Kollegienkirche. Dann in den mittelalterlichen »Durchhäusern«, die zur Getreidegasse führen. In einer Wachszieherei kaufte sie zwei Lebzelten mit roten Herzen aus Zuckerguss. Die aßen wir auf der Straße. Ich trug ihr Marktnetz und mein Lunchpaket. Unten am Kai verabschiedete sie sich. Sie versprach, morgen wieder ins »Glockenspiel« zu kommen.
Ja, und dann gab ich ihr einen Kuss! Zwischen Hun-

derten von Menschen. Von allen möglichen Sprachen der Welt umschwirrt. Ich kannte sie kaum und gab ihr einen Kuss; ich konnte gar nicht anders. Mir war, als gäbe ich ihn dem Schicksal, das mich sie treffen ließ.

Eben noch hatte sie gelächelt. Nun war sie ernst. So ernst wie ich.

So hat es sich zugetragen. – Karl begegnete ich dann in seinem Zimmer im Höllbräu. Er hatte im Café Tomaselli auf mich gewartet. Es war ein Missverständnis gewesen, weiter nichts. Ein Missverständnis! Ich zog geistesabwesend den Smoking an. Später, im Bräustübl, aß ich, was man mir in Deutschland mitgegeben hatte: gekochte Eier, belegte Brote, Weintrauben und Pfirsiche. Die Kellnerin brachte unaufgefordert Teller und Besteck. Bauern, Chauffeure, Theaterbesucher, alle sitzen sie in diesen Bräustuben an ungedeckten, gescheuerten Tischen und verzehren Mitgebrachtes. Mein Bier hat Karl gezahlt. Gefragt hat er nichts.

Es lag wohl an meiner Stimmung, dass mich die »Faust«-Aufführung nicht sonderlich berührte. Man hat die um 1700 angelegte Reitschule, deren in die Felsen gemeißelte Arkaden sich stockwerkweise übereinanderreihen, zur Freilichtbühne umgebaut. Die Schauplätze liegen manchmal über-, manchmal nebeneinander. Die Scheinwerfer beleuchten bald hier, bald da eine Szenerie. Die Entfernung zwischen den Szenerien ist häufig beträchtlich. Und sooft es dunkel wurde, hatte ich die ernüchternde Vorstellung, dass nun die Darsteller bei vollster Finsternis im Dauerlauf dahingaloppierten, um nur ja rechtzeitig in Auerbachs Keller oder im Kerker einzutreffen.

Warum spielt man eigentlich Goethes »klassischen« Faust, warum nicht seinen Urfaust oder das alte Faustspiel? Ein Gespräch, das ich in der Pause hörte, erklärt, was ich meine. In dem Gewühl von Nerz- und Zobelpelzen, Maharadschas, Fracks, Brillanten und Uniformen trafen sich eine Amerikanerin und ein Amerikaner. Sie tauschten ihre Eindrücke aus.

»Do you understand a word?«, fragte sie.

Und er antwortete: »No.«

Nach der Pause begann es zu regnen. Über den Zuschauerraum rollte eine Plane, und als nun der Regen auf dieses Zeltdach prasselte, war es auch akustisch unmöglich geworden, Goethe zu verstehen. Faust machte den Mund wie ein Nussknacker auf und zu. Gretchen und Mephisto wurden nass und durften keinen Schirm aufspannen.

Nach der Vorstellung zog ich mich in Karls Zimmer um und erreichte eben noch den letzten Autobus nach Reichenhall.

Jetzt will ich zu schlafen versuchen, obgleich mir das Herz im Halse klopft. Sie heißt Konstanze, und morgen werde ich sie wiedersehen. Sie schaut aus wie eine Kronprinzessin und ist – ein Stubenmädchen! Tatsächlich! Auf einem Schloss halbwegs Hellbrunn. Das Schloss gehört einer gräflichen Familie, die auf Reisen ist und das Haus samt Personal für die Dauer der Festspielzeit an reiche Amerikaner vermietet. Ein Stubenmädchen? Eher eine Zofe aus einer Mozart'schen Oper! Ich gestand ihr, dass ich das Geld für die Tasse Kaffee und den Lebkuchen nicht zurückgeben könne. Sie lachte. Sie hat ein Sparkassenbuch.

*Reichenhall, 21. August, später*

Ich kann nicht schlafen.

*Reichenhall, 21. August, noch später*

Draußen wird es hell. Ich stehe auf.

*Salzburg, 22. August, mittags*

Ich habe den ersten Autobus nach Salzburg benutzt. Während der Fahrt kam die Sonne hinter den schleppenden Wolken hervor und beschien Reichenhall und Salzburg gleichermaßen. Zu beiden Seiten der Grenze erstreckt sich das gleiche Alpental; zu beiden Seiten spricht man dieselbe deutsche Mundart; hier wie dort trägt man die gleiche Stammestracht, die Lederhosen, die Lodenmäntel, die Dirndlkleider und die lustigen grünen Hüte mit den Rasierpinseln.
Der einzige Unterschied ist der, dass in Deutschland die Autos rechts, in Österreich hingegen links fahren müssen.
Dicht hinter dem österreichischen Zollamt – auf dem Walserfeld, wo die Römer einst, ehe es ein Deutschland und ein Österreich gab, Villenkolonien bauten – liegt ein Ort, der Himmelreich heißt. Und als ein Bauer, der an der deutschen Grenze den Autobus bestiegen hatte, beim Schaffner »Himmelreich, hin und zurück« verlangte, klang mir das bedeutend poetischer, als es gemeint war.
Karl entdeckte ich auf einer der Salzachbrücken. Dort skizzierte er mit Buntstiften einen Angler, der im Fluss auf einem herausragenden Stein stand. Ich wartete, bis auch der Hintergrund, die auf einem Hügel gelegene Müllner Kirche mit dem hübschen roten Dach, im

Bilde war. Währenddem vergnügte ich mich damit, die Ausländer zu betrachten. Viele von ihnen wollen, was die Tracht anlangt, die Einheimischen übertrumpfen und kommen voll kindlichen Stolzes als Pinzgauer Bauern daher, oder als Lungauer Bäuerinnen; tragen Kropfketten, ohne einen Kropf zu besitzen; haben englisch gerollte Regenschirme über dem Arm oder fahren gar, vom Trachtengeschäft Lanz herrlich ausstaffiert, in Automobilen mit mindestens zwei Chauffeuren! Es stört nicht, es belustigt höchstens. In Salzburg dürfen ja auch die Zuschauer Theater spielen.
Später bummelten wir durch die Gassen, blickten in Tore und Höfe hinein, freuten uns über hölzerne Stiegen, Altane und Bogengänge, kunstvolle Zunft- und Gasthauszeichen, bemalte Heilige in Hausnischen, heitere und fromme Sprüche in den Hohlkehlen der Dachfirste; wir freuten uns über alles, was alt ist!
Denn das ist ja immer wieder augenfällig, und nicht nur in Salzburg: Jeder Fenstersims und jedes Türschloss, jeder Schornstein, jede Ofenkachel und jedes Stuhlbein aus früheren Jahrhunderten verraten Geschmack, Können und Liebe zum Gegenstand. Die Beziehungen beider, des Handwerkers und des Besitzers, zum Haus, zur Tracht, selbst zum winzigen Hausrat, hatten bis zum Biedermeier Geltung. Dann kam die Sintflut, und wo wurde Makart geboren?
In Salzburg!

Wir stiegen zu der Hohensalzburg hinauf. Wir wollten jene vielen, in den verschiedensten Epochen gebauten Türme, Tore, Wälle und Bastionen, die vom Tal her als riesige mittelalterliche Bergfestung wirken, aus der Nähe betrachten. Der Anstieg bot mannigfach wechselnde Ausblicke auf die schöne Stadt und das anmutige Hinterland. Als wir droben waren, schauten wir uns gründlich in dem mächtigen Mauerwerk um. Karl zeigte mir zudem wichtige Punkte des Panoramas: Hellbrunn; den Gaisberg; dessen kleinen Bruder, den Nockstein; die weiße Wallfahrtskirche Maria Plain.

Schließlich setzten wir uns in der Burgwirtschaft unter einen der großen bunten Sonnenschirme.

Karl, der dem Hunger seit je dadurch vorbeugt, dass er zu essen anfängt, bevor ihn hungern könnte, bestellte sich ein Beinfleisch mit Beilagen. Ich futterte trotz seiner ernstgemeinten Einwände aus der Reichenhaller Tüte.

»Ich werde dir heute sowieso noch unumgängliche Ausgaben verursachen«, sagte ich.

»Willst du dir eine ortsansässige Lederhose anschaffen?«, fragte er. »Oder hast du in einer der Buchhandlungen eine spannende Broschüre über den deutschen Konjunktiv entdeckt?«

»Ich brauche heute Nachmittag zwei Tassen Kaffee und zwei Stück Kuchen.«

*Blick vom Glockenspielturm auf die Festung Hohensalzburg,*
*die Peterskirche und das Kloster Nonnberg*

»Seit wann isst du denn zwei Stück Kuchen?« Er schüttelte den Kopf, legte aber gutmütig ein Fünf-Schilling-Stück auf den Tisch.
Ich konnte eine Weile nicht antworten, da man mir für die gesottenen Eier Zucker statt Salz mitgegeben hatte. Es schmeckte schauderhaft. Als ich wieder bei Stimme war, sagte ich: »Erstens werde nicht ich den Kuchen essen; und zweitens will ich kein Bargeld haben. Das widerspricht möglicherweise den einschlägigen Bestimmungen. Ich muss dich bitten, mit mir ins ›Glockenspiel‹ zu kommen und dem Kassierkellner den für zwei Tassen Kaffee, zwei Kuchen und ein angemessenes Trinkgeld entsprechenden Geldbetrag pränumerando in die Hand zu drücken. Ich bin ein Habenichts und gedenke es zu bleiben.«
»Und sobald ich den Kellner bezahlt haben werde, wirst du mich nicht länger zurückhalten wollen.«
»Ich weiß, dass du im Mirabellgarten die steinernen Zwerge skizzieren willst, und Künstlern soll man nicht im Wege sein.«
»Deshalb hast du also den Strauß Alpenveilchen aus Reichenhall herübergeschleppt!«, meinte der Herr Künstler.
Und ich sagte: »Ich wollte dir nicht auch noch wegen Blumen Unkosten bereiten.« Das war unser erstes Gespräch über Konstanze.

*Reichenhall, am selben Tage, aber nachts*

Als ich ins Café trat und mir zulächelte, war die Unruhe der letzten vierundzwanzig Stunden vergessen. Das erste Wiedersehen ist der Richter über die erste Begegnung. Und alle Unruhe, die später folgt, ist anderer Art. Als Konstanze auf mich zuschritt, spürte ich, dass das Glück diesmal keinen Ausweg finden wird. Es muss uns in die Arme laufen.

Sie freute sich über die rosaroten Zyklamen; der Kellner stellte den Strauß in eine Vase. Und nachdem sie gehört hatte, wie erfinderisch ich gewesen war, um den Gastgeber spielen zu können, aß sie, zum Zeichen ihrer Anerkennung, beide Kuchenteller leer. Auf kein Sektfrühstück, zu dem ich je Frauen oder Freunde einlud, bin ich so stolz gewesen wie auf den von Karl vorausbezahlten Kaffee und Kuchen. Es war wie Weihnachten im August!

Erstaunlich ist immer wieder, wie unbeträchtlich der Gesprächsgegenstand wird, solange man sich noch alles zu sagen hat. Da kann man über den deutschen Humanismus unmöglich tiefgründiger sprechen, als wir's über Blätterteiggebäck und Autobusverbindungen taten. Anschließend erzählte sie Anekdotisches aus ihrem Berufsleben. Solch ein von reichen Amerikanern abgemietetes österreichisches Renaissanceschloss verdiente es wahrhaftig, als Milieu von einem Lustspielautor aufs Korn genommen zu werden.

Konstanze ist, im Rahmen ihrer Möglichkeiten, keineswegs ungebildet. Sie hat eine Handelsschule besucht, und sie verstand es, während ich von meiner neuen Stenographie erzählte, sachkundig zuzuhören.

Sie lachte sehr, als ich ihr von meiner Beteiligung am letzten Kurzschrift-Wettschreiben in Berlin berichtete: dass ich jedes der Diktate als Erster und lückenlos abgegeben hatte; dass die Jury keine einzige Silbe hatte lesen können, weil sich's ja um mein eigenes unveröffentlichtes System handelte; und dass leider nicht einmal ich, zum Vorlesen aufgefordert, meine Stenogramme zu entziffern imstande gewesen war.

Die Zeit hielt nicht still. Da Konstanze noch eine Stunde frei hatte und keinerlei Besorgungen machen musste, beschlossen wir, Karl im Mirabell zu überraschen. Doch wir standen kaum auf der Straße, so begann es ortsüblich zu regnen. Wir setzten uns in Trab, landeten atemlos im Portal der Residenz und schlossen uns dort einer Führung durch die prunkvollen historischen Säle an.

Derartige Führungen entbehren nie der Komik. Man kann von ehemaligen Wachtmeistern unmöglich verlangen, dass sie, während Menschen aller Sprachen und Stände hinter ihnen hertrotten, kunst- und kul-

turhistorische Aufschlüsse geben. Bedenkt man ferner, dass diese braven Männer ihren eingelernten Text am Tag ein Dutzend Mal herunterbeten müssen, wundert einen auch ihre stoische Teilnahmslosigkeit nicht mehr.
Leider kicherte Konstanze bereits im ersten Saal! Der brave Alte unterbrach seine lichtvollen Ausführungen über dreihundertjährige Gobelins und warf uns, ehe er den nächsten Raum betrat, einen derart verächtlichen Blick zu, dass wir uns selbständig zu machen beschlossen. Wir ließen ihm und seiner andächtigen Schar einen Vorsprung und spazierten, Hand in Hand, allein und stumm wie in einem Märchenschloss von Saal zu Saal. Dann packte Konstanze der Übermut. Sie spielte eine Amerikanerin, die mich für den Führer hielt, und verlangte über Bilder, Teppiche, kunstvolle Uhren, und was ihr sonst ins Auge fiel die verwegensten Auskünfte.
Ich stellte mich als Museumsdirektor Geheimrat Galimathias vor und beantwortete ihre Fragen mit haarsträubendem Unsinn. Colloredo – derselbe, der den armen Mozart so schikanierte – schaute verkniffen, blutarm und humorlos aus einem goldenen Rahmen auf uns herunter. (Konstanze spricht ein tadelloses Englisch. Was man alles auf so einer Handelsschule lernt! Ich hätte auch hingehen sollen.)
Im Schlafzimmer der Erzbischöfe, im ältesten Resi-

denzflügel, stießen wir wieder zu den anderen. Der brave Alte öffnete eine Tür, und wir glaubten natürlich, noch einen Prunksaal absolvieren zu müssen. Statt dessen blickten wir in das Innere der Franziskanerkirche! Wir traten einen Schritt vor und standen auf dem Balkon, von dem aus die Erzbischöfe jahrhundertelang dem Gottesdienst beiwohnten.

Vier gewaltige graue Säulen, versteinerten Urwaldbäumen vergleichbar, ragten hinauf bis in die Dämmerung des Kirchendaches. Unter uns lag der marmorne goldbeladene Hochaltar mit einer kindhaften Madonna von Pacher. Um sie und den Knaben schwebte ein Reigen ergötzlich gesunder, vergnügter Engel: ein geflügelter Kindergarten! Und an den Flanken des Altars erhoben sich zwei pompöse, herrlich bemalte Holzplastiken, der heilige Georg und der heilige Florian; beide mit blitzendem Panzer, hohen Schnürstiefeln, Turnierlanzen und Helmen, auf denen bunte Pleureusen wippten; zwei antike Helden aus der Barock-Oper.

Die Führung war beendet, und auch der Regen hatte aufgehört. Wir gingen noch einmal, jetzt durch das Hauptportal, in die Franziskanerkirche. Wieder bewunderten wir die runden Säulenriesen und den farbenprächtigen, fröhlichen Altar. Dann suchten wir den niedrigeren, ältesten Teil der Kirche auf und

wanderten auf Zehenspitzen an den Beichtstühlen vorüber.
An einem von ihnen hing ein billiges Pappschild mit dem Aufdruck: »English spoken«, an einem andren lasen wir, auf genau so einem abscheulichen Pappendeckel: »On parle français.«
Wenn man unbedingt bekanntgeben will, dass hier auch Ausländer Gott ihr Herz ausschütten können – warum bemüht man sich nicht um eine würdigere Fassung dieses Hinweises?
Morgen hat Konstanze keine Zeit für uns beide. Doch übermorgen ist ihr »freier Tag«! Den werden wir gemeinsam zubringen. Ich soll das Badezeug nicht vergessen. Hoffentlich kostet das Baden nichts. Überhaupt, die finanztechnische Seite dieses »freien Tages« macht mir Kummer. Soll ich etwa Karl als zweibeiniges Portemonnaie mitschleppen? Eher komm' ich mit drei Rucksäcken und sechs Thermosflaschen aus Reichenhall angerückt! Meinen Vorschlag, sie möge nach Deutschland hinüberkommen, lehnte sie ab. Sie will, denke ich, in ihrer Sphäre bleiben.
In der Haffnerstraße verabschiedeten wir uns. Ich sagte: »Also auf übermorgen, Fräulein Konstanze!« Sie sah mich lächelnd an, gab dem Alpenveilchenstrauß einen kleinen Kuss und rief fröhlich: »Grüß dich Gott, Georg!« Dann war sie verschwunden.

Abends waren Karl und ich beim Domkonzert. Man spielte von Cornelius »Gesänge nach Petrarca« und die C-Dur-Messe op. 86 von Beethoven. In den vollbesetzten Stuhlreihen saßen Mönche, elegante Frauen, ausländische Pressevertreter, Priester, Reisende aus aller Welt, Bauern, Studenten, alte Weiblein, Dichter und Offiziere. Es war eine unermessliche Stille. Die Frommen schwiegen miteinander, und von uns anderen schwieg jeder für sich. Hermann Bahr hat diese Kirche den schönsten Dom Italiens auf deutschem Boden genannt. Heute Abend hatte er recht. Als sich die Kapelle, der Chor, die Orgel und die Solosänger zu der gewaltig tönenden liturgischen Konfession Beethovens vereinigten, lösten sich, im Schlaf gestört, kleine Fledermäuse aus dem Kuppelgewölbe und flatterten lautlos in der klingenden Kirche hoch über unsern Köpfen hin und her. Ich schrieb auf einen Zettel, den ich Karl zuschob: »Hier haben selbst die Mäuse Engelsflügel.« Er nickte, dann versank er wieder im Zuhören.

»Grüß dich Gott, Georg!«, hat sie gesagt.

*Der Spottofen im Salzburger Museum*

*Salzburg, 23. August, nachmittags im Tomaselli*

An der Grenze kennt man mich armen Reisenden schon. Heute wollte der Zollbeamte mein Portemonnaie sehen. Ich sagte wahrheitsgemäß, es läge im Schlüsselfach des Hotels Axelmannstein; und er fragte besorgt, was ich täte, wenn ich in Österreich Durst bekäme. Ich beschrieb ihm meinen wohltätigen Freund Karl, so gut ich konnte.

Von meinem Durst kamen wir auf Magenbeschwerden zu sprechen, die er hatte. Eine offensichtlich ränkesüchtige Mitreisende riet ihm, Trinken und Rauchen zu lassen. Der Beamte und unser Chauffeur machten ob dieser dreisten Zumutung finstere Gesichter. Nein, dann freue ihn das ganze Leben nimmer, äußerte der Zöllner. Trinken und Rauchen brauche er so nötig wie die Luft und das tägliche Brot. Der Chauffeur sagte, ihm zunickend:

»Halt' mer's aus, sin' mer g'sund,
halt' mer's net aus, geh' mer z'grund.«

Und so getröstet, blieb der magenleidende Beamte an der Zollschranke zurück.

Karl erwartete mich vor dem Augustinerkeller in Mülln. Wir pilgerten stadtwärts; durchs Klausentor ins Gstättenviertel hinein, dessen Häuser an den Felsen des Mönchsberges kleben und zum Teil in die Felsen gehauen sind. Man kann durch offene Tore nied-

rige Gewölbe und im Hintergrund sogar Stuben mit Felswänden erkennen.
Hier zu wohnen ist nicht ungefährlich, obwohl die Häuser durch die eigentümlichen »Grabendächer« geschützt sind. Immerhin, beispielsweise 1669 wurden durch einen Steinschlag zwei Kirchen und eine ganze Häuserzeile vernichtet.

Wir wanderten an Fischer von Erlachs Ursulinerinnenkirche vorbei ins Städtische Museum und schauten uns eine Stunde lang unter den angesammelten Schätzen um, bis uns die Augäpfel schmerzten. Das Schönste war für mich der »Spottofen«. Jede Kachel des Ofens stellt einen Buchrücken mit einer gelehrten Inschrift dar. Das Ganze wirkt also wie ein Bücherberg, dessen lateinischer und theologischer Inhalt verheizt wird. Und in Manneshöhe ragt aus den Bücherkacheln ein kleiner, aufgeregt gestikulierender Kanzelredner heraus. Man weiß nicht recht, ob er predigt oder ob er wütend darüber ist, dass man ihn hinterrücks mit wissenschaftlichem Brennmaterial röstet.
Ein anderer Teil der Sammlungen soll im Monatsschlösschen bei Hellbrunn untergebracht sein. Karl will in den nächsten Tagen mit dem Skizzenblock hinaus. (Das Monatsschlösschen war übrigens ein spontaner Einfall des Erzbischofs Marx Sittich von

Hohenems. 1615 ließ er den Bau in einem einzigen Monat aus dem Boden stampfen. Warum? Er wollte einen hohen Besuch, der Salzburg bereits kannte, überraschen, sonst nichts. Andre Zeiten, andre Einfälle.)

Zu Mittag aßen wir auf dem Mönchsberg. Ich ließ mir Karls Einladung gefallen und machte ihm die erfreuliche Mitteilung, dass er heute keinen Kuchen und höchstens eine Tasse Kaffee zu spendieren brauche und dass er mich morgen überhaupt nicht zu Gesicht bekommen werde. Es tut wohl, wenn Freunde nicht neugierig sind; doch dergleichen kann auch in Interesselosigkeit ausarten! Er schwieg.

Ich sah einem Falken nach, der aus den Felsen hervorschoss und den Türmen der Stadt zujagte. »Wenn es dir recht ist, möchte ich dich übermorgen Konstanze vorstellen. Sie ist ein herrliches Mädchen. Sie hat blaue Augen und kastanienbraunes Haar und –«

»Jawohl«, meinte er. »Sie sieht bezaubernd aus.«

»Du hast uns gesehen?«

»Gestern. Und gehen kann sie, dass es eine Freude ist! Die meisten Frauen können nicht gehen, sondern haben nur Beine, man weiß nicht recht, wozu.«

»Sie lässt dir für Kaffee und Kuchen danken.«

»Gerne geschehen.«

»Morgen hat sie ihren freien Tag.«

»Was hat sie morgen?«

»Ihren freien Tag«, wiederholte ich. »Sie ist Stubenmädchen.«
Da bog sich Karl im Stuhl zurück und lachte so laut, dass die anderen Gäste zusammenschreckten und unfreundlich herübersahen.
Ich glaube, ich war rot geworden. »Was fällt dir denn ein, über so etwas zu lachen!«, knurrte ich.
Als Karl endlich sein nervtötendes Gelächter niedergekämpft hatte, sagte er: »Menschenskind, diese junge Dame ist doch kein Stubenmädchen!«
»Freilich ist sie eines«, erwiderte ich. »Außerdem hat sie die Handelsschule besucht, kann stenographieren und spricht besser Englisch als wir beide zusammen.«
»Na schön«, sagte er und zuckte die Achseln. »Dann kannst du sie ja nach Berlin zum Staubwischen mitnehmen.«
Karl ist manchmal zu blöd.

*Reichenhall, 23. August, nachts*

Die vorige Notiz schrieb ich heute Nachmittag im Tomaselli, Salzburgs ältestem Kaffeehaus; es dürfte fast so alt sein wie das Kaffeetrinken in Europa. Vorher hatten wir im Mirabellgarten gegessen, zwischen bunten Blumenbeeten, steinernen Löwen, Einhörnern, Halbgöttern und deren barock geschwungenen Damen.

Auf dem Rückweg erwischte uns ein handfester Platzregen. Wir stürzten im Dauerlauf über die Brücke, an dem zierlichen Rokoko-Rathaus und am Floriansbrunnen vorbei, hinein in das völlig überfüllte Café! Im ersten Stock fanden wir schließlich zwei Stühle. Nicht gerade an einem Tisch, aber an einem Billard, das von dem Kellner geschwind mit einem Tischtuch bedeckt wurde.

Und wir hatten Karten für die »Jedermann«-Aufführung auf dem Domplatz! Der Regen prasselte spöttisch gegen die Fenster. Karl las mir die Rückseite des Billetts vor. Der wichtigste Passus lautete: »Bei Jedermann-Vorstellungen erlischt jeder Ersatzanspruch – also auch auf teilweise Rückzahlung des Eintrittspreises –, wenn die Vorstellung infolge Witterungseinflüssen abgebrochen werden muss, falls die Vorstellung bis zur ›Tischszene‹ gespielt wurde.« Ich sagte: »Wenn wir keine Pressekarten hätten, könnten wir uns die Eintrittsgelder zurückzahlen lassen.«

»Seit du kein Geld hast, bist du ein Geizhals geworden«, stellte Karl betrübt fest. »Übrigens findet die Aufführung trotzdem statt, und zwar im Festspielhaus.«

Vom Nebentisch, genauer: vom Nebenbillard aus, mischte sich ein Missvergnügter ein: »Die Festspiele

sind fast zu Ende, und nicht eine einzige Aufführung hat vor dem Dom stattfinden können! Jedes Mal hat es geschüttet.«
»In Salzburg«, meinte Karl, »regnet's immer mehr als anderswo, aber im August regnet es in Salzburg täglich.«
»Weil da die Festspiele sind!« Der Nachbar war mit der Welt zerfallen.
Der Nachbar dieses Nachbarn sagte: »Die Fremden kommen, auch wenn's täglich regnet. Es ist mal was anderes. Ich vermute, es regnet hauptsächlich, damit die Kaffeehäuser überfüllt sind.« Dann steckte er seine Nase in das Neue Wiener Journal.
Ich seufzte und erklärte, da ich an Konstanze dachte: »Konditor in Salzburg hätte man werden müssen!«
Karl musterte mich unauffällig, wie ein Arzt, der dem »neuen Fall« auf der Beobachtungsstation zum ersten Mal begegnet.

Später warfen wir uns in seinem Zimmerchen in unsere Smokings; und als es Zeit war, eilten wir, vom Regen gehetzt, zum Festspielhaus. Die Einheimischen standen trotz der »Witterungseinflüsse« wie die Mauern und bestaunten, heute wie jeden Abend, das Schauspiel vor dem Theater: das Anrollen der Autos, das Aussteigen der in Pelze gehüllten Damen, das hilfreiche Benehmen der Herren, den Transport der Kulissen und was sich sonst dem Auge bot.

(Heuer besuchten an prominenten Gästen die italienische Kronprinzessin, der Herzog und die Herzogin von Windsor, die Frau des Präsidenten Roosevelt, der amerikanische Bariton Lawrence Tibett, der Maharadscha von Kapurthala, Herr Metro-Goldwyn-Mayer und Marlene Dietrich das Theater; von Karl und mir ganz zu schweigen.)
Hofmannthals »Jedermann«, diese gelungenste aller Mysterienspiel-Bearbeitungen, hat mich wieder erschüttert. Hier vollzieht sich, im Gegensatz zu Goethes »Faust«, wirklich ein Schauspiel, das jeder versteht, ob er nun aus USA, aus China oder von den Fidschi-Inseln kommt, und das jeden ergreift. Die Handlung, die Entwicklung des Helden, die Schuld und die Gnade, alles ist augenfällig und packt auch den, der vom Wortlaut keine Silbe versteht.
Nun hängt mein Smoking wieder mutterseelenallein im Österreichischen. Ob Karl das Jackett über den Bügel gehängt hat? Versprochen hat er mir's.

Und morgen ist Konstanzes freier Tag. Ich habe sie vierundzwanzig Stunden nicht gesehen, und mir ist wie einem Kind, das die erste Sonnenfinsternis erlebt.
Der Portier hat mir einen Rucksack geborgt, in den ein Klavier hineinpasst. Ich habe ihn mit Wurst, Brot, Butter, Käse, Schokolade, Rotwein, Obst und Essbe-

stecken so vollfrachten lassen, dass ich morgen wahrscheinlich nach der ersten halben Stunde zusammenbrechen und daliegen werde wie der Sterbende Gallier.

Seit der Schulzeit bin ich nicht mehr gewandert. Wenn das nur gutgeht! Der Mensch ist ein Spielball der Leidenschaften.

# DER FREIE TAG

*Hellbrunn, 25. August, morgens*

Nun ist er vorüber, Konstanzes freier Tag! Er ist in die Vergangenheit zurückgesunken, hinab zu den übrigen, den glücklichen und traurigen Tagen, die nicht wiederkehren.
Ich sitze in einer uralten Allee und bin allein. Es ist noch früh, und die Morgensonne bestrahlt am Ende meiner dämmrigen Allee das Schloss Hellbrunn. – In einem anderen, einem kleineren Schloss, nicht weit von hier, wird Konstanze gerade jetzt ihre Frühstückstabletts über die Barocktreppe balancieren und an mich denken. Hoffentlich lässt sie kein Tablett fallen. Altes Porzellan ist teuer. Ob sie wie andre Stubenmädchen ein schwarzes Kleid, eine winzige weiße Tändelschürze und auf dem Haar ein weißes Rüschenhäubchen trägt? Ich darf nicht vergessen, sie danach zu fragen.
Gestern Morgen kam sie nicht als Zofe, sondern als Amazone. Ich erwartete sie auf dem Salzburger Residenzplatz, und mein Rucksack wog so schwer, dass

ich Mühe hatte, nicht auf den Rücken zu fallen. Da bog ein kleines, flinkes Sportauto um die Ecke; jemand winkte; der Wagen bremste; am Steuer saß ein junges Mädchen und rief: »Servus, Georg!«
Ich traute meinen Augen nicht. Es war Konstanze. Und ich vergaß vor Überraschung, ihr die Hand zu geben.
»Der alte Graf hat mir vor seiner Abreise erlaubt, den Wagen in wichtigen Fällen zu benutzen. Und«, fragte sie, »ist mein freier Tag nicht ein wichtiger Fall?«
»Das schon.«
»Alsdann.«
»Aber das Benzin?« (Dass man dauernd über Geld sprechen muss, wenn man keines hat!)
»Du vergisst mein Sparkassenbuch.«
»Und das Chauffieren, hast du das auch auf der Handelsschule gelernt?«
»Nein. Ich brauchte den Führerschein, weil ich die Schwester des Grafen oft spazieren fahren muss. So, nun steig aber ein, bevor dich dein Rucksack umwirft!«
Ich verstaute den Tornister, setzte mich neben sie und schüttelte ihr die Hand. Sie gab Gas, und fort ging's. (Um das Wandern war ich also herumgekommen.)

In den Dorfgärten blühten die Dahlien und Astern. Auf den Wiesen standen Kühe und Pferde. Der Tag wurde heiß. Konstanzes Augen blitzten. Ihr Mund war halb geöffnet, und sie sang leise. Sooft sie spürte, dass ich sie von der Seite ansah, lächelte sie, blickte aber unbeirrt geradeaus. Manchmal rief sie mir den Namen einer Ortschaft zu. Dann summte sie wieder vor sich hin. Schließlich sang ich sogar mit und behauptete später, als wir auf dem Gipfel des Gaisberges ausstiegen, glockenrein zweite Stimme gesungen zu haben. So eine Frechheit!

Wir hockten uns auf einen Felsblock, schauten über Berg und Tal und freuten uns, ein Teil dieser schönen Welt zu sein. Ein Segelflugzeug schwebte lautlos wie ein großer, geheimnisvoller Vogel über den Wäldern und scheuchte einen Schwarm Krähen auf.

Das Gefühl für Zeit kommt einem, wenn man sich sehnt, sie möge stillstehen, ganz und gar abhanden. Irgendwann fuhren wir jedenfalls wieder bergab und ins Salzkammergut hinein, an dem blauen Fuschlsee vorbei bis zum Wolfgangsee. Hinter St. Gilgen parkte Konstanze den Wagen auf einem Wiesenweg. Wir liefen zum Ufer, zogen das Badezeug an, hüpften ins Wasser, schwammen in den See hinaus, lagen hinterher im warmen Gras, bis wir trocken waren, und blinzelten in die Sonne. Zuweilen fuhren Dampfer mit winkenden und rufenden Touristen vorüber. Aber sonst waren wir mit unsrer bunten, duftenden Blumenwiese ganz allein.

Manchmal plauderten wir. Manchmal kramten wir in meinem unergründlichen Rucksack und futterten. Manchmal küssten wir uns, und die Heimchen und die Bienen brachten währenddem ihr Konzert für Wiesenorchester zum Vortrag. So ähnlich muss es im Paradies zugegangen sein. (Natürlich mit dem Unterschied, dass Adam und Eva unartiger waren als wir.) Wenn nicht gegen Abend ein Gewitter heraufgekommen wäre, lägen wir wahrscheinlich jetzt noch dort.

So aber mussten auch wir zwei aus dem Paradies flüchten.

(Es wiederholt sich alles.) Der Himmel wurde blutrot. Über dem Schafberg und über dem Sparber blitzte das Schwert des Erzengels. Und kaum hatten wir die Persenning festgemacht, brach das Donnerwetter los. Der Regen ging gleich einer unsichtbaren Lawine auf uns nieder, und der Donner krachte wie schwere Mörser.

In Salzburg regnete, blitzte und donnerte es natürlich auch. Wir landeten schließlich im Bahnhofswartesaal, wo kein Verzehrzwang ist. Hier erzählte sie mir eine verrückte Sache von einem armen Kleinbauern aus der Umgegend, der eine putzsüchtige Tochter hat, die sich eines schönen Sonntags, als sie neben ihm im Garten saß, nach dem Vorbild zugereister Damen die Fingernägel mit rotem Lack färbte. Da der Vater nicht

nur schlief, sondern auch barfuß war, malte sie ihm, nachdem ihre Fingerspitzen rot genug waren, die Zehennägel rot. Als der alte Bauer erwachte, fluchte er mordsmäßig, ließ jedoch seine Zehen so schön, wie sie waren.
Am nächsten Tag brach sich der Bedauernswerte ein Bein und wurde ins Krankenhaus gebracht. Als der amtierende Arzt die rotgelackten Zehen des Bauern erblickte, musste er so lachen, dass ihm ein Kollege helfen musste, das Bein zu schienen. Auch die Schwestern sollen Gesichter gezogen haben, die bei ersten Hilfeleistungen nicht üblich sind. Der Bauer hieß von diesem Tag an »die Diva«.
Und dann will ich ja die kleine Geschichte aufschreiben, die sie mir nachmittags, während wir in der Wiese lagen, erzählte! Als sie noch ein Kind war, hörte sie die Eltern oft vom »Gotteshaus« sprechen. So gewöhnte sie sich an die Vorstellung, dass Gott im Gotteshaus wohne wie die Kinder und Eltern im Elternhaus.
Eines Sonntags durfte Konstanze die Mutter in die Kirche begleiten. Noch nie hatte sie die geschnitzten Stühle, die Altäre, die Kerzen und die Kanzel gesehen. Sie blieb, nun sie das Haus Gottes von innen erblickte, überwältigt stehen, drückte die Hand der Mutter, seufzte ein wenig und flüsterte: »Gott hat aber schöne Möbel!«

Abends waren wir in einem Mozart-Konzert, das der um Salzburg und dessen größten Sohn verdiente Dr. Bernhard Paumgartner dirigierte. Konstanze waren die Billetts von dem Amerikaner geschenkt worden, der das Schloss bis zum Monatsende gemietet hat. Dieser amerikanische Millionär heißt Namarra und besitzt Fabriken, in denen Zellophan-Tüten hergestellt werden: Zellophanpackungen für Salzmandeln, Nüsse, Traubenrosinen, Umlegekragen, Bonbons, Papiertaschentücher, Stückenzucker, Hosenträger und was weiß ich. Eine Druckerei hat er auch. Dort werden die gewünschten Firmennamen und Reklametexte auf die bestellten Tüten gedruckt. Wenn man bedenkt, womit manche Leute reich werden, und wenn man, gerade bei Mozart liegt der Gedanke nahe, weiterhin bedenkt, womit manche Menschen arm bleiben, könnte man sich vor Wut in die Nase beißen.

Die Abendmusik war ganz herrlich. Man spielte zwei Arbeiten von dem noch nicht zwanzigjährigen Mozart: eine A-Dur-Symphonie und, mit einem italienischen Virtuosen, ein Konzert für Violine; eine Französin sang Arien; und den Beschluss bildete die »Linzer Symphonie«. Der Saal war leider mäßig besucht. Dafür war aber unter den Zuhörern keiner jener Banausen, die sich etwa an der Theaterkasse erkundigen, ob den »Jedermann« der Maestro Toscanini dirigierte. Nein, die Künstler und ihr Publikum waren in guter Gesellschaft. Und Paumgartner war ein Dirigent nach meinem Herzen.

Als wir auf dem Residenzplatz eintrafen, war der letzte Autobus nach Reichenhall über alle Berge! Wir fragten im Höllbräu nach Karl. Er war nicht da. Ich beschloss, auf der Straße zu warten. Konstanze widersprach energisch und wollte mich für die Nacht in einem Hotel »einkaufen«. Das wollte nun wieder ich nicht. Nach längerem Hin und Her sagte sie: »Dann bleibt nur eines. Du übernachtest im Schloss.«
»Wo denn da?«
»In meinem Zimmer. Auf dem Sofa.«
»Wenn das herauskommt, verlierst du die Stellung.«
»Wenn du nicht gerade im Schlaf singst oder um Hilfe rufst, wird man nichts merken.«
»Aber, Konstanze, weshalb sollte ich denn in deinem Zimmer um Hilfe rufen!«
»Sei nicht unartig, Fäustchen!«, sagte sie. (Ich hätte ihr meinen Spitznamen doch nicht verraten sollen.) »Und morgen«, fuhr sie fort, »schmuggle ich dich in aller Herrgottsfrühe aus dem Haus. Komm!«
Wir fuhren weiter.
Zehn Minuten später schlichen wir wie Einbrecher im Schloss des Grafen H. über die Nebentreppe. Es

war stockdunkel, und Konstanze führte mich behutsam an der Hand. Schließlich öffnete sie eine Tür, riegelte lautlos ab und machte Licht.
Wir befanden uns in einem freundlichen Biedermeierzimmer. An den Wänden hingen alte Familienbildnisse und Scherenschnitte. Sie zeigte auf ein gemütliches Sofa aus Birkenholz und lächelte ein bisschen ängstlich. Dann ging sie zum Fenster, das weit geöffnet war, und zog die Vorhänge zu. Auf dem Tisch stand eine Vase mit meinen Reichenhaller Alpenveilchen.
Sie kam leise zu mir zurück und flüsterte: »Du löschst jetzt das Licht aus und drehst es erst wieder an, wenn ich's erlaube! Nicht eher! Sonst bin ich böse!«
Ich nickte ergeben, löschte das Licht aus und stand im Dunkeln. Konstanzes Kleid raschelte. Ich hörte, wie sie die Schuhe auszog und die Strümpfe von den Beinen streifte. Das Bett knarrte ein wenig.
»Georg!«, flüsterte sie.
»Ja?«, flüsterte ich.
»Jetzt!«, flüsterte sie.
Im selben Augenblick hörte ich Schritte auf dem Korridor. Vor der Tür machten sie halt. »Konstanze?«, fragte jemand gedämpft, »schläfst du schon?«
»Noch nicht, Franzl«, antwortete sie, und ihre Stimme zitterte. »Aber ich hab' eben dunkel gemacht. Schlaf gut!«

»Du auch«, sagte der andere. Die Schritte entfernten sich langsam. Wir schwiegen, bis sie ganz verklungen waren.

»Georg?«

»Ja?«

»Ich glaube, es ist besser, du machst kein Licht mehr.«

»In Ordnung«, sagte ich. »Aber wo um alles in der Welt ist denn nun das Sofa?«

Sie lachte leise. Ich stand in rabenschwarzer Finsternis zwischen fremden Möbeln und wagte mich nicht von der Stelle zu rühren.

»Georg«, flüsterte sie.

»Ja?«

»Mach, bitte, zwei Schritte geradeaus!«

Ich befolgte den Rat.

»Jetzt drei Schritte halblinks!«

»Zu Befehl!«

»Und nun einen großen Schritt links!«

Ich machte einen großen Schritt links und stieß mit der Kniescheibe gegen Holz. Aber irgendetwas stimmte nicht. Entweder hatte ich links und rechts verwechselt, oder Konstanze hatte sich bei der Befehlsausgabe geirrt. Ich stand nicht vor meinem Sofa, sondern vor ihrem Bett.

*Reichenhall, 25. August, nachts*

Da Konstanze am Nachmittag auf einen Sprung in den Hellbrunner Park zu kommen hoffte, sah ich mir die Sommerresidenz der Salzburger Erzbischöfe in Muße an. Das Schloss selber ist ein sehr seriöser Renaissancebau. Doch die nächste Umgebung des Schlosses ist ein einziger romantischer Spielzeugladen!

An schmalen Wasserläufen stehen mechanische Figurengruppen, die durch Wasserkunst in Bewegung gesetzt werden: Volkstümliche und mythologische Szenchen wechseln miteinander ab. In Grotten ertönen, gleichfalls durch Wasserantrieb erzeugt, künstliche Tier- und Vogelstimmen. Aus dem Geweih und den Nüstern steinerner Hirsche steigen Springbrunnen auf. Ein mechanisches Theater, eine Szenerie vor dem Dom, mit Orgelmusik und über hundert sich gleichzeitig bewegenden Figuren, ist das Meisterwerk unter diesen Wasserspielereien.

Mir machte an einer andren Stelle des Parks ein steinerner Tisch mit steinernen Hockern viel Vergnügen. Denn aus den Hockern schießen plötzlich zahllose Wasserfontänen senkrecht empor. Hier mögen die lustigen Gäste früherer Erzbischöfe ahnungslos gesessen und mit ihren »Damen« getrunken oder gar über das Zölibat geplaudert haben. Trugen die vergnügten

*Das Monatsschlösschen im Hellbrunner Park*

Herrschaften prächtige Gewänder, oder hatten sie wesentlich weniger an? Das ist eine ernstzunehmende Frage. Denn: Sobald der gutgelaunte Herr Archi-Episcopus den Dienern einen Wink gab, stiegen ja aus den Hockern, auf denen die Tafelrunde saß, die Wasserfontänen wie aus einem Sieb hoch – und was wurde dann aus den teuren seidenen Roben?

Nun, so spielten in Salzburg die Edelleute Theater. Doch die Bürger und die Bauern standen ihnen nicht nach. Sie setzten sich zwar nicht auf Sessel mit Wasserspülung. Aber sie hatten ihre Perchtenspiele. Sie trugen Masken, die denen der Südseeinsulaner Konkurrenz machen. Sie setzten sich meterhohen Kopfputz auf. Sie stiegen auf Stelzen und spazierten zur Fastnacht als komische Riesen durch die Dörfer. Der Hanswurst, diese unsterbliche Figur, hat im Salzburgischen seine Heimat. Lipperl, eine ähnliche Gestalt, wurde bei Mozart, dem Salzburger, zum Leporello. Er und der andere Hanswurst, Papageno, wechselten aus dem wahrhaft Volkstümlichen in den Bezirk der großen heiteren Kunst.

Auf dem Hügel überm Hellbrunner Park, im Monatsschlösschen, sah ich die volkskundliche Sammlung, die schöne Beispiele des in diesen Gauen angesiedelten Spieltriebes aufweist. Karl sah ich hierbei übrigens auch. Er skizzierte, hatte drei Buntstifte in der Hand und zwei zwischen den Zähnen.

»Vergiss nicht, dass wir heute Abend in den ›Rosenkavalier‹ gehen!«, meinte ich.
Er blickte von seinem Block auf. »Ah, Doktor Fäustchen! Lebst du noch, oder bist du schon verheiratet?«
Verliebte Leute neigen, auch wenn es ihrem Wesen widerspricht, zur Humorlosigkeit.
»Ich hoffe, die beiden Zustände vereinigen zu können«, sagte ich pikiert. »Lass dich bei deiner aufreibenden Tätigkeit nicht stören!«
Karl schmunzelte. »Wenn du mich jetzt noch fragst, warum ich, statt zu zeichnen, nicht fotografiere, wo das doch viel schneller geht, schmeiß' ich dich die Treppe hinunter. Auf frohes Wiedersehen!«
Künstler sind empfindlich. Verliebte sind empfindlich. Ich zog mich zurück.
Konstanze war pünktlich. Wir hatten uns bei den Tritonen verabredet. Sie wurde rot, als wir uns die Hand gaben, und sagte, dass sie nur eine halbe Stunde Zeit habe. Dann nahm sie meinen Arm, und wir gingen am Schlossteich entlang. Ich führte sie in die dämmrige Allee und zog sie auf eine Bank. »Hier habe ich heut früh gesessen«, sagte ich. »Konstanze, ich liebe dich. Ich liebe dich, dass mir die Rippen weh tun! Willst du meine Frau werden?«
Sie schloss für wenige Sekunden die Augen. Dann lehnte sie sich an meine Schulter und flüsterte: »Frei-

lich, Fäustchen!« Sie lächelte. »Mir tun ja auch die Rippen weh!«

Sie musste eilig ins Schloss zurück. Vor morgen Nachmittag seh' ich sie nicht wieder. Es gibt viel zu besprechen. Am ersten September kehrt die gräfliche Familie heim. Konstanze mag bleiben, bis man ein andres Stubenmädchen gefunden hat. Ist das erledigt, muss sie nach Berlin kommen. Bräutigam zu sein ist kein Zustand, sondern ein Ausnahmezustand.

Abends waren Karl, ich und mein Smoking im »Rosenkavalier«. Seltsam, heute früh schlich ich mich heimlich aus einem österreichischen Schloss. Und als vorhin der Vorhang aufging, versteckte eine Frau, in eben einem solchen Schloss, ihren Quinquin. Eine Marschallin und ein Stubenmädchen sind freilich nicht dasselbe. (Die Lehmann sang ergreifend.) Doch sogar das Stubenmädchen kommt ja in Straußens Oper vor; wenn's auch eigentlich ein Mann ist, der in Zofenkleider schlüpft. (Das hätte mir gerade noch gefehlt! Ich großer Lümmel in Konstanzes Kleidern!)

Meine eigene Salzburger Komödie ging wie ein Hauch in der österreichischen Atmosphäre des Stückes und der Musik auf. Anatomisch betrachtet saß ich im Parkett; Herr Rentmeister »an sich« schwang und sang mit den andern auf der Bühne. Erinnerung und Kunst vereinigten sich zu einem Erlebnis, das mich völlig gefangen nahm. Das war kein objektiver

Kunstgenuss, sondern eine andre und neuartige Gemütserfahrung, die ich nicht so bald vergessen werde. Jetzt gehe ich in die Bar, bestelle eine Flasche Mumm und feiere meine Verlobung. Ohne das Fräulein Braut. Prosit, das heißt: Es möge nützen!

P.S.: Die kleine Tante hat mir den Berliner Posteinlauf nachgeschickt. Von der Devisenstelle ist nichts darunter.

## DER BLITZ AUS HEITEREM HIMMEL

*Reichenhall, 26. August, mittags*

Nein, nein, nein!

Fünfunddreißig Jahre bin ich alt geworden, ohne ans Heiraten zu denken. Gestern hab' ich Esel mich verlobt. Heute ist alles zu Ende. Und ich kann mit Otto Reutter singen: »Mich ham'se als jeheilt entlassen!«

Mit dem ersten Autobus fuhr ich früh nach Salzburg. Anderthalb Stunden später fuhr ich, völlig durcheinander, nach Reichenhall zurück und stürzte mich eilends in das »den Hotelgästen vorbehaltene« Schwimmbassin. Das Wasser war eiskalt und brachte mich einigermaßen zur Besinnung.

Nun liege ich auf der Badewiese. Das im Hotel angestellte Tanzpaar, der Tennistrainer, seine Frau und andre junge Leute schwimmen, spielen neben mir Ball, sind vergnügt und guter Dinge. Ich komme mir wie ihr Großvater vor. So alt fühl' ich mich seit ein paar Stunden. Ach, wenn es einen Hund gäbe, so groß wie der Kölner Dom – einen solchen Hund könnte es jammern! Aber eines nach dem andern. Zeno, der Begründer der Stoa, hat denjenigen, denen Schmerz zugefügt worden ist, als Therapie die Rekapitulation ihrer schmerzlichen Erlebnisse empfohlen. Also gut: Ich fuhr nach Salzburg, suchte Karl auf und teilte ihm breitspurig mit, dass er mich ab heute als präsumtiven Ehemann zu respektieren habe. Er gratulierte. Der Glückwunsch klang ein bisschen frostig. Das fiel mir freilich erst später auf.

Er führte mich in den Peterskeller und stiftete einen Liter Prälatenwein. Während wir tranken, erzählte er mir von den mittelalterlichen Äbten des Stiftes St. Peter, von dem uralten Männerkloster, von den ersten Bischöfen, von Rupert, Vergil, von Pilgrim von Puchheim, von der Cholera und anderen Epidemien, und schließlich schleppte er mich auf den alten, alten Petersfriedhof. Dort hielt er mir einen Vortrag über künstlerische Grabsteingestaltung, zeigte mir die Katakomben und die kleine, am Felsen lehnende, frühste Kapelle. Er trieb das so lange, bis mir die Geduld riss.

»Warum schleppst du mich gerade heute hierher?«, fragte ich ärgerlich. »Wozu erzählst du mir von Klöstern, Märtyrern und Epidemien? Soll ich ins Kloster gehen? Ich bin ein glücklicher Mensch, du Trampel!«

»Fortuna ist eine Metze«, sagte er und runzelte die buschigen Augenbrauen. Wir standen vor den sieben schwarzen Grabkreuzen, deren Bedeutung bis heute nicht geklärt ist. Er legte mir die Hand schwer auf die Schulter. »Mein lieber Georg, du weißt, dass ich nicht gerade ein Gegner des Roulettespiels bin. Nun, ich war gestern im Mirabell-Casino und habe hundert Schilling verloren. Das erste Dutzend kam zwanzig Minuten lang überhaupt nicht.«

»Und?«, fragte ich. »Hast du mich hierher transportiert, um mir schonend mitzuteilen, dass du meinen Smoking versetzt hast?«

»Ich habe ihn nicht versetzt«, sagte er. »Wenn die zwei jungen Leute neben mir nicht dauernd gewonnen hätten, wäre ich auf sie nicht weiter aufmerksam geworden. Sie gewannen aber wie die Anfänger, obwohl sie keine waren. Kurz und gut, ich sah mir die beiden näher an.«

»Wenn deine Erzählung keine Pointe hat, schneid' ich dir die Ohren ab«, warnte ich.

»Es waren eine junge Dame und ein junger Mann. Sie trug ein Abendkleid und er einen Frack.«

»Umgekehrt wär' es ja auch sinnlos gewesen.«

Karl bewahrte eiserne Ruhe. »Der Croupier nannte junge Dame ›Komtesse‹ und den jungen Mann ›Herr Graf‹.«

»Soll das die Pointe sein?«

»Das ist sie. Die Komtesse nannte ihren Begleiter Franzl, und er nannte sie – oder weißt du schon, wie er sie nannte?«

Mir blieb das Herz stehen. Ich sah ihn ratlos an. »Konstanze?«

»Konstanze.«

Ich packte seinen Arm. »Karl, war sie es ganz bestimmt?«

»Bestimmt«, sagte er. »Ich folgte ihnen, als sie aufbrachen, und erkannte sie am Gang. Vor dem Casino stiegen sie in ein kleines Sportauto. Sie setzte sich ans Steuer. Dann sausten sie davon.«

»Welche Farbe hatte der Wagen?«

»Es war ein schwarzer Zweisitzer mit breiten Nickelbeschlägen.«

Ich nickte. Dann drehte ich mich um und rannte vom Friedhof. Am Residenzplatz stand ein Autobus nach Reichenhall, als ob er auf mich warte.

Und nun liege ich, ein vornehmer Hotelgast, auf der Badewiese und möchte ins Kloster gehen.

Um vier bin ich stattdessen mit dem Trainer auf dem Tennisplatz verabredet. – Zeno hat übrigens nicht recht. Ich habe mein Erlebnis hingeschrieben und fühl' mich genauso elend wie zuvor.

Meine Braut, das Stubenmädchen, ist eine Komtesse! Auch das fügt sich in die Salzburger Szenerie meiner österreichischen Komödie. »Herr Georg Rentmeister gestaltete die Figur des Trottels außerordentlich lebenswahr.«

Heute Abend reist der lebenswahre Trottel ab!

## DIE NEUE WENDUNG

*Reichenhall, 26. August, abends*

Tennis erfordert bekanntlich restlose Konzentration. Man braucht nur den leisesten Nebengedanken zu haben, und schon spielt man unter jeder Form. Ich spielte demzufolge wie ein Weihnachtsmann, schlug die leichtesten Bälle ins Aus oder ins Netz, lieferte in einem einzigen Game nicht weniger als drei Doppelfehler und hatte mitunter nicht übel Lust, den Schläger hinter den Bällen herzuwerfen.

Als ich mich im dritten Satz endlich einzuspielen begann, setzte sich ein junger Mann auf die Bank vor dem Platz und schaute uns zu. Ich wurde erneut nervös. Er hatte einen kleinen Schnurrbart; und nach einem Halbvolley, der mir mit der Rückhand gelang, rief er: »Bravo!« Ich blickte ihn an und glaube nicht, dass der Blick übertrieben freundlich ausfiel.

Er verbeugte sich leicht und sagte: »Pardon, mein Herr. Spielen Sie noch lange? Ich muss Sie unbedingt sprechen, habe aber sehr wenig Zeit.«

»Es steht vier beide im letzten Satz«, antwortete ich. »Ich bin bald zu Ihrer Verfügung.«
»Ausgezeichnet. Ich muss nämlich umgehend nach Salzburg zurück.«
Nach Salzburg zurück! Was konnte er von mir wollen? Ich verlor natürlich die beiden nächsten Spiele, gab dem Trainer die Hand und begab mich zu dem jungen Mann. »Ich bin Konstanzes Bruder«, sagte er, »heiße Franz Xaver Graf H. und werde Franzl genannt.«
Das war der Franzl, und Franzl war ihr Bruder? »Sehr angenehm.«
»Meinerseits. Wie schon angedeutet, hab' ich wenig Zeit. Ich muss zu Haus die Abendtafel decken.«
Die Abendtafel decken? »Ich will Sie nicht aufhalten.«
»Scharmant. Ich bin hier, weil mich Konstanze so darum bat und weil zwischen ihr und Ihnen Missverständnisse herrschen, die beseitigt werden müssen.«
»Es bestand meines Wissens keinerlei Veranlassung, solche Missverständnisse überhaupt erst aufkommen zu lassen.«
»Seien Sie doch nicht so norddeutsch zu mir! Die Missverständnisse waren unvermeidlich!«
»Das vermag ich nicht einzusehen.«
»Ich bin eigens hierhergekommen, Herr Doktor, um Sie eines Besseren zu belehren.«

»Da bin ich sehr neugierig, Herr Graf!«
Der junge Mann zupfte an seinem Schnurrbärtchen. »Wir müssen unbedingt den Ton mildern, sonst endet unsere freundschaftliche Unterhaltung damit, dass wir auf einer idyllischen Waldwiese mit Säbeln aufeinander losgehen.«
»Bevor wir uns zu dieser technischen Nothilfe entschließen«, sagte ich, »bitte ich Sie, mir klipp und klar mitzuteilen, aus welch dringlichem Anlass sich Ihr Fräulein Schwester genötigt sah, mich in Missverständnissen zu belassen, die, wie vorauszusehen, höchst unerfreuliche Folgen haben mussten.«
Er nahm meinen Arm und führte mich in den Park. »Konstanze hat Ihnen erzählt, Graf H. sei samt Familie während der Festspiele verreist und habe sein Personal amerikanischen Mietern überlassen. Wahr ist, dass Amerikaner bei uns wohnen. Unwahr ist, dass wir verreisten. Wir blieben im Schloss. Die Dienerschaft verreiste, und unsere werte Familie übernahm deren Aufgaben. Konstanze avancierte zum Stubenmädchen. Ich wurde eine Art Servier- und Zimmerkellner. Die Frau Tante ist die Köchin. Mizzi, unsre jüngste Schwester, hilft der Frau Tante. Und das Oberhaupt der Familie, der Herr Vater, betätigt sich als Portier, Empfangschef und Geschäftsführer.«
Zum Glück war eine Bank in der Nähe. Ich setzte mich rasch.

»Haben Sie eine Zigarette?« Ich bekam Zigarette und Feuer und schaute vor mich hin.
»Der Einfall stammt vom Papa«, sagte er. »Er verfasst, obwohl er's gar nicht nötig hat, unter einem Namen, der nichts zur Sache tut, Theaterstücke. Eines schönen Tages beschloss er, eine Situationskomödie zu schreiben, die auf einem Schloss spielt und das Rencontre des als Dienerschaft maskierten österreichischen Adels mit Millionären aus der Neuen Welt zum Gegenstand hat.«
Franz Xaver Graf H. zündete sich eine Zigarette an. »Offensichtlich hoffte unser teures Familienoberhaupt, seiner Phantasie durch Erfahrungen auf die Beine zu helfen. Er wollte Stoff für sein Stück sammeln. Im Frühjahr setzte er uns von seinem Vorhaben in Kenntnis. Wir mussten ihm versprechen, mitzutun und reinen Mund zu halten. Das Projekt machte uns bis zu einem gewissen Grade Spaß. Schließlich sind wir die Kinder dieses komischen Herrn; und wir sind daher nicht zufällig in Salzburg zur Welt gekommen.«
»Bestimmt nicht«, erklärte ich.
Er lachte. »Wie das so ist: Die Hauptsache hatte der Urheber nicht einkalkuliert. Das Stubenmädchen verliebte sich; noch dazu in einen Herrn aus Deutschland, der romantischerweise ohne Geld nach Salzburg kam. Heute Nachmittag fuhr die Schwester,

statt als Stubenmädchen zu figurieren, wieder in die Stadt. Sie, mit dem sie sich treffen wollte, waren nicht da. Konstanze wurde unruhig und beschloss, weil Sie nicht kamen, wieder heimzufahren. Da erhob sich, kaum dass sie aufgestanden war, am Nebentisch ein Herr.«

»Karl«, sagte ich.

»Ganz recht. Ihr Freund. Ein Maler. Er hatte uns beide gestern im Casino beobachtet. Da meine Schwester bekümmert schien, sprach er sie an und erklärte Ihre Abwesenheit. Sie rief mich an. Ich putzte gerade das Silber. (Eine ekelhafte Beschäftigung!) Brüder sind Charaktere. Ich ließ alles stehen und liegen und fuhr ins Café ›Glockenspiel‹. Nun bin ich hier, und ich wüsste nicht, was ich Ihnen noch zu erzählen hätte.«

Ich drückte ihm die Hand. »Entschuldigen Sie mein Benehmen, Herr …«

»Franzl heiß ich.«

»Ich bitte sehr um Entschuldigung, Franzl.«

»Weswegen denn, Georg? Ich hätte es genau wie Sie gemacht.«

»Wo ist Konstanze? Ich muss sie sprechen. Können Sie mich im Wagen mitnehmen?«

»Im Wagen ist leider fast kein Platz mehr.«

Franzl kniff ein Auge zu.

»Er steht drüben vorm Kurhaus.«

Ich sprang auf, rannte mit Riesenschritten durch den Park, durchs Tor, auf die Straße, sah das Auto und sah Konstanze, die mir die Arme entgegenstreckte. Sie war blass und hatte Tränen in den Augen. Wir küssten uns und sprachen kein Wort. Die Kurgäste, die zum Gartenkonzert wollten, blieben stehen und verstanden die Welt nicht mehr.

»Mein Fäustchen«, flüsterte sie. »Dass du mir nie wieder davonläufst!«

»Nie wieder, nie wieder!«

»Meinen Segen habt ihr«, erklärte jemand neben uns. Es war der Bruder.

»Dank' dir schön, Franzl«, sagte Konstanze.

Er stieß mich in die Rippen. »Hören Sie zu, Schwager. Wir haben Ihnen einen Vorschlag zu machen. Der erste Sekretär unsres Amerikaners ist gestern abgereist. Somit ist ein Zimmer frei geworden. Da wir nun gestern im Casino eine raue Menge Geld gewonnen haben, laden wir Sie in aller Form ein, zwei Tage unser Gast zu sein. Unserm Herrn Vater erzähl' ich vorläufig ein Märchen. Die Gebühren erleg' ich in Ihrem Namen. Sobald die Amerikaner fort sind, erzählen wir ihm die Wahrheit. Dann muss er mir das Geld zurückgeben.« Er lachte vergnügt wie ein Schuljunge. »Morgen früh treffen Sie als Gast bei uns ein, spielen den Ahnungslosen und schauen sich unser lebendiges Theater hübsch aus der Nähe an. Wie vor Jahrhunderten, als die bevorzugten Zuschauer auf der Bühne saßen. Warum sollen Sie's nicht auch einmal so gut haben?«

Konstanze drückte meine Hand. »Wenn du nicht kommst, heirat' ich einen andern.«

»Untersteh dich!«

Franzl fuhr fort: »Wegen des alten Herrn können Sie unbesorgt sein. Der merkt nichts. Und wenn er schließlich erfährt, wer Sie sind, wird er Ihnen für die Mitarbeit an seinem Theaterstück dankbar sein und mit dem väterlichen Segen nicht lange hinterm Berge halten.« Er stieg ins Auto.

»Ich komme«, sagte ich.

Konstanze trat auf den Gashebel. »Das wird herrlich!«, rief sie. Sie fuhren los.

Ich winkte.

Dann hüpfte ich vor Übermut auf einem Bein ins Hotel, und der Portier fragte besorgt, ob ich mir weh getan hätte.

# DAS SPIEL IM SCHLOSS

*Schloss H., 27. August, abends*

Ich sitze in meinem Schlossgemach und werde bald zu Bett gehen. Zuvor will ich noch eine Zigarre rauchen und ein Glas Burgunder trinken. Der Etagenkellner Franz hat mir eine alte Flasche auf den Tisch gestellt.

Der Tag war recht heiter. Franzl holte mich morgens in Salzburg ab. Ich hatte eben noch Zeit, Karl Guten Tag zu sagen und ihm dafür zu danken, dass er Konstanze und mir geholfen hatte. Dann trennten sich unsre Wege. Er wollte zum Marstall, um die barocke Pferdeschwemme mit den prachtvollen Rösserfresken zu aquarellieren. Ich fuhr mit dem jungen Grafen zum Schloss hinaus.

Konstanze stand »zufällig« auf der Freitreppe und machte einen Knicks. Sie trug tatsächlich ein kurzes schwarzes Kleid, eine noch viel kürzere Tändelschürze und ein weißes Rüschenhäubchen!

Ich nickte huldvoll. »Wie heißen Sie, schönes Kind?«

»Konstanze, gnädiger Herr.«
»Wozu ›gnädiger Herr‹? Sagen Sie einfach ›Herr Doktor‹, das genügt.« Ich wandte mich an Franzl, der meinen Koffer trug. »Das gilt auch für Sie, Franzl!«
Das Stubenmädchen knickste. »Wie Sie wünschen, gnädiger Herr Doktor.« Dann streckte sie mir die Zunge heraus.
»Vorsicht!«, murmelte Franzl.
Im Schlossportal erschien ein großgewachsener Herr mit eisengrauem Haar. Er verneigte sich. Sein Cutaway saß wie angegossen.
»Erlauben Sie mir, Sie willkommen zu heißen. Ich bin der Kammerdiener des Grafen und betreue zurzeit das Hauswesen. Haben Sie schon gefrühstückt?«
»In Reichenhall.«
»Sehr wohl. Das Mittagessen findet um ein Uhr im Gelben Saal statt. Franz wird Ihnen Ihr Zimmer zeigen und das Gepäck nach oben bringen. Hoffentlich fühlen Sie sich bei uns wohl.«
In seinem Gesicht bewegte sich keine Miene. Er verneigte sich und zog sich zurück.
Franzl zeigte mir mein Zimmer und verschwand, um den Mittagstisch zu decken. Kaum war er aus der Tür, klopfte es.
»Herein!«
Es war das Stubenmädchen. Sie fragte, ob sie mir beim Auspacken des Koffers behilflich sein könne.

»Treten Sie näher, Sie aufdringliche Person!« Ich nahm ein Jackett aus dem Koffer und warf ihr's zu. »Wohin hängt ein gelehriges Stubenmädchen das erste Jackett?«
»Übers Schlüsselloch, Herr Doktor.«

An der Mittagstafel lernte ich die Amerikaner, die alle als schmucke Tiroler daherkamen, kennen: den beleibten und sehr schweigsamen Zellophantütenfabrikanten; seine hagere Gattin; den zweiten Sekretär, eine Art Posaunenengel mit dicken Brillengläsern; den Sohn, einen stämmigen Jüngling, der prinzipiell nur spricht, während er kaut; und die Tochter Emily, eine jener unsentimentalen, bildhübschen und großen Blondinen, vor denen man Angst kriegen kann.
Franz legte die Speisen vor. Ich glaube übrigens, dass er begründete Angst vor der blonden Emily und ihren blauen, kaltschnäuzigen Augen hat. Konstanze brachte den Wein. Mizzi, ihre jüngere Schwester, fuhr die Schüsseln auf einem Servierwagen in den Saal. Sie ist ein schlankes Geschöpf mit zwei fidelen Grübchen. Der alte Graf beaufsichtigte den Verlauf der Mahlzeit und gab der Millionärin, die eine außergewöhnlich wissensdurstige Dame zu sein scheint, bereitwillig Auskunft.
Emily wollte mich ins Gespräch ziehen. Das Stuben-

mädchen Konstanze blickte besorgt herüber. Deshalb zog ich es vor, noch weniger Englisch zu können, als ich ohnehin kann, und ersuchte den Servierkellner, der jungen Dame mitzuteilen, dass ich kein Wort Englisch verstünde.
Ich fürchte, dass das falsch war. Emily Namarra scheint Unterhaltungen zwischen zwei Menschen, die einander nicht verstehen, für besonders interessant zu halten. Glücklicherweise fuhr die ganze Familie sehr bald in einer gewaltigen Limousine auf und davon. Und auch abends hatten sie es eilig. Sie gingen in »Figaros Hochzeit«.

Nachmittags stieß ich vor dem Wirtschaftsgebäude auf den alten Grafen, der noch keine Ahnung hat, dass ich sein Schwiegersohn bin. An der Hauswand hängt ein volkstümlich geschnitztes bemaltes Halbrelief, das die Dreifaltigkeit vorstellt. Unter dem schmalen Giebelchen, das wohl als Regenschutz gedacht ist, und direkt auf dem Heiligen Geist, auf den ausgebreiteten Flügeln der weißen Taube, nistet ein Vogelpaar. Wir betrachteten gemeinsam die reizende Szene und gingen miteinander über den Hof.
»Sind Sie schon lange auf Schloss H. in Diensten?«, fragte ich leutselig.
»Sehr lange, Herr Doktor.«
»Stimmt es, dass Graf H. Theaterstücke schreibt?«

»Das mag schon seine Richtigkeit haben.«
»Wo haben Sie so gut Englisch sprechen gelernt?«
»In Cambridge.«
Ich lachte. »Sie haben studiert?«
»Graf H., nicht ich. Ich war ihm von seinen Eltern zur Bedienung mitgegeben worden.« Er verzog einen Mundwinkel. »Genau genommen hat auch Graf H. in Cambridge nicht studiert. Fremde Sprachen lernt man nicht in Hörsälen, sondern in – hm – weniger wissenschaftlichen Etablissements.«
»Schade, dass der Graf auf Reisen ist. Ich hätte ihn gern kennengelernt, da mich die Meinung deutscher Schriftsteller über den Konjunktiv brennend interessiert.«
»Worüber?«
»Über den Konjunktiv, das ist die Möglichkeitsform der Tätigkeitswörter. Und über den Optativ.«
»Aha«, sagte er. »Der Herr Graf wird es sicher bedauern, sich mit Ihnen nicht über die Tätigkeitsform der Möglichkeitswörter unterhalten zu können. Interessante Themen liebt er über alles.« Er hatte sich völlig in der Gewalt und machte seine ironische Bemerkung, als verstünde er gar nicht, was er sagte.
»Ich könnte vielleicht die syntaktischen Fragen, die mir am Herzen liegen, notieren, und Sie könnten ihm diese Notizen, wenn er zurückkommt, vorlegen …«
»Eine ausgezeichnete Idee!«

»Sie glauben nicht, dass er ein solches Ansinnen übelnimmt?«
»Gewiss nicht. Der Herr Graf ist ein sehr höflicher Mensch.«
Schriftsteller, die darauf aus sind, etwas möglichst Originelles zu erleben, um etwas möglichst Originelles schreiben zu können, soll man, finde ich, tatkräftig unterstützen. Ich machte also ein bekümmertes Gesicht und fragte: »Wo befindet sich Graf H. zurzeit?«
»In Ventimiglia, Herr Doktor.«
»So, so. In Ventimiglia.« Ich kratzte mich nachdenklich hinter dem Ohr. »Spätestens morgen muss ich nämlich die Korrekturbögen eines Aufsatzes über die Inversion abschicken, und hinsichtlich eines Abschnittes über diesbezügliche Idiotika der bayrisch-österreichischen Mundart könnte mir Graf H. bestimmt wichtige Winke geben. Hm.« Nun spielte ich ihm einen Mann vor, der eine Erleuchtung hat! »Das ist ein guter Gedanke! Ich werde mit dem Grafen telefonieren! Seien Sie doch so liebenswürdig und melden Sie gegen Abend ein Ferngespräch mit Ventimiglia an.«
Er zögerte den Bruchteil einer Sekunde. Dann sagte er: »Wie Sie befehlen, Herr Doktor.«
Ich bot ihm eine Zigarre an.
»Danke höflichst. – Ich muss leider ins Büro, die Buch-

führung zu erledigen.« Er verbeugte sich und schritt gemessen ins Schloss.

An der Abendtafel trat er geheimnisvoll neben meinen Stuhl und teilte mir mit, dass der Herr Graf Ventimiglia am Nachmittag verlassen habe.

Ich bedauerte das lebhaft und dankte ihm für seine Bemühung.

Konstanze und Franzl blickten ihn und mich verwundert an. Sie wussten von dem Gespräch im Hof nichts und konnten sich keinen Vers auf unsren Dialog machen.

Nachdem die Amerikaner aus dem Haus waren, spazierte ich gemächlich um das Schloss. In einem der Fenster zu ebener Erde war Licht. Ich ging behutsam näher und blickte in eine geräumige Küche. Die gesamte »Dienerschaft« saß am Tisch und aß Abendbrot. Der alte Graf mochte ihnen etwas Spaßiges erzählt haben. Das Fenster war offen. Die beiden Schwestern lachten, und Franzl sagte: »Papa, ich kann mir nicht helfen, aber ich finde, du hättest in der Sache mehr Schneid beweisen sollen.«

»Inwiefern?«

»Du hättest leicht den Doktor ans Telefon rufen und von einem der Zimmerapparate als Graf H. aus Ventimiglia mit ihm sprechen können.«

»Das hätte mir noch gefehlt! Optativ, Konjunktiv, Inversion, bayrisch-österreichische Idiotika, ich bin doch –«

»Kein Idiot«, meinte Mizzi, die jüngere Schwester, sanft. »Kein Schulmeister, wollte ich eigentlich sagen.«
Neben dem Grafen saß eine entzückende alte Dame. Sie wirkte dekorativ wie Maria Theresia. »Schreib dir wenigstens Franzls Vorschlag auf«, erklärte sie. »Vielleicht kannst du etwas Ähnliches in deinem Stück verwenden.«
Der alte Herr nickte, zog ein Büchlein aus der Tasche und machte sich Notizen.
»Gibt Doktor Rentmeister eine brauchbare Figur für das Stück ab?«, fragte Konstanze.
»Du hast dich wohl in ihn verliebt?« Mizzi beugte sich neugierig vor.
»Verliebt? Ein ausgezeichneter Einfall«, sagte der Graf und schrieb eifrig weiter.
Konstanze lächelte. »Für das Stück?«
»Liebschaften mit Standesunterschied sind immer dankbar«, behauptete Franzl.
Die Tante Gräfin erhob sich und steuerte auf das Fenster zu. Da machte ich mich leise davon.

Von meinem Zimmer aus kann ich das Salzburger Schloss sehen. Sogar jetzt, am späten Abend. Denn ein Scheinwerfer, der zu Ehren der Fremden über die Stadt hinwandert, hebt die alte Burg magisch aus der Dunkelheit und rückt sie, während über dem Land die Sterne funkeln, in Tageshelle.

Es hat eben geklopft.
»Wer ist da?«
»Das Stubenmädchen, Herr Doktor. Ich möchte fragen, ob der Doktor noch einen Wunsch haben.«
»Gewiss, schönes Kind. Könnte ich einen Gutenachtkuss bekommen?«
»Aber selbstverständlich, Herr Doktor. Unsere Gäste sollen sich doch wohlfühlen!«
Ich gehe öffnen.

## DIE TISCHSZENE

*Reichenhall, 28. August, nachts*

Dass die von ihm arrangierte Stegreifkomödie so abenteuerlich weitergehen würde, hat sich Graf H. kaum träumen lassen. Hoffentlich ist er mir für die dramatische Wendung, die ich seinem Einfall gab, auch wirklich dankbar. Ich bin dessen, offen gestanden, nicht ganz sicher. Aber hätte ich Statist bleiben sollen? Nein, wenn Stegreif gespielt wird, sind die Darsteller auch die Autoren.

Der Vormittag verlief friedlich. Die Sonne schien, der Himmel war herbstlich blau, und ich traf mich mit Karl auf dem Sebastiansfriedhof. Der Rasen und die Büsche sind hier idyllisch verwildert. Unter ihnen liegen Mozarts Vater und Mozarts Mutter begraben, Paracelsus auch, und inmitten des Kirchhofes steht die Gabrielskapelle, in der die Gebeine Wolf Dietrichs, des großen Salzburger Renaissancefürsten, ruhen.

An den weißgoldnen Wänden, in der Kuppel und

über dem Altar, überall grüßt die Kugel im Feld, das Wappen des Medicisprosses.

Am Nachmittag schien die Sonne noch immer! Tatsächlich! Nun, da die Festspiele fast zu Ende sind, wird das Wetter schön. Und so wurde heute, zum ersten Mal in der Saison, »Jedermann« im Freien gespielt.

Konstanze kam, um einzukaufen, in die Stadt. Wir erledigten gemeinsam ihre Besorgungen und wanderten dann über die Plätze, die an den Domplatz, den Zuschauerraum des Jedermannspieles, angrenzen. Die Stimme Attila Hörbigers, des Jedermann, tönte bis zu uns. Jedermanns alte fromme Mutter, Frieda Richard, saß am Residenzplatz in den Kolonnaden, mit der mittelalterlichen weißen Wittibhaube auf dem Kopf, und wartete auf ihr Stichwort. Auf dem Kapitelplatz standen der Gute Gesell und die Buhlschaft, auch der Bettler, der Jedermanns Gewissen vergeblich zu rühren sucht, und die Kinder, die zur Tischszene mit Blumengewinden daherkommen.

Dann und wann erschien ein Spielwart in Lederhosen und holte die Schauspieler zu ihrem Auftritt.

So war der Tag harmonisch vergangen. An der Abendtafel brach das Drama aus. Da hatten wir unsere eigene »Tischszene«.

Emily Namarra, die amerikanische Semmelblondine, lieferte das verhängnisvolle Stichwort. Sie winkte den

alten Grafen, der das Servieren beaufsichtigte, an den Tisch und fragte ihn trocken, ob Zärtlichkeiten mit dem Dienstpersonal im Pensionspreis inbegriffen seien.
Der alte Herr hob erstaunt die Augenbrauen und erkundigte sich, was sie zu einer so außerordentlichen Frage veranlasse. Sie benutzte einen ihrer schneeweißen Finger, um auf meine werte Person zu zeigen, und erklärte, dass ich das Stubenmädchen geküsst habe.
Er sah Konstanze prüfend an. Sie wurde flammend rot. Er blickte erstaunt zu mir herüber. Die Situation war recht peinlich. Dann wandte er sich an die Amerikanerin. Ihrer Vermutung, das Küssen des Personals sei obligatorisch, müsse er energisch entgegentreten. Dergleichen Vertraulichkeiten zwischen Gästen und Dienstboten seien im Gegenteil auf Schloss H. höchst unerwünscht. Zu Konstanze sagte er: »Ehrvergessene Stubenmädchen kann ich nicht gebrauchen. Ich kündige Ihnen hiermit für den Monatsersten.«
Nun ritt mich der Teufel. »Konstanze, Ehrvergessenheit brauchst du dir von einem Portier nicht vorwerfen zu lassen!«
»Mit Ihnen rede ich später«, sagte er hoheitsvoll.
»Tun Sie's gleich«, riet ich ihm, »später bin ich nicht mehr da.«
Franzl erriet wohl meine Absicht. Er flüsterte seiner Schwester ein paar Worte zu.

Und jetzt fragte sie, schon etwas mutiger: »Was soll ich denn tun, Georg?«

»Das wird ja immer besser. Das Stubenmädchen duzt die Gäste!« Ich glaube, der Graf war ehrlich entrüstet. »Konstanze, Sie sind ein … ein Frauenzimmer!«

Ich erhob mich und stieß empört den Stuhl zurück. »Jetzt ist's aber genug! Konstanze, du verlässt dieses Haus nicht am ersten September, sondern sofort! Packe deinen Reisekorb. Ich bringe dich zunächst in Salzburg unter. Eine Stellung wie hier findest du alle Tage.«

Die Amerikaner folgten unserer Auseinandersetzung mit Interesse. Nur der Sohn des Millionärs aß ruhig weiter. Heute schwieg er sogar beim Kauen.

»Ich verbiete Ihnen, über mein Stubenmädchen zu verfügen«, rief der Graf. »Sie bleibt hier.«

»Sie bleibt keineswegs hier. Sie ist nicht mehr Ihr Stubenmädchen. Derartige Beleidigungen brechen jeden Vertrag.«

Franzl war in seinem Element. »Ich fahre Sie in die Stadt.«

»Das wirst du …« Der Graf fiel beinahe aus der Rolle.

»Das werden Sie nicht tun, Franzl! Sonst werden auch Sie gekündigt.«

»Aber Leopold«, sagte Franzl, »ich schätze Sie viel zu sehr, als dass ich Sie im Stich lassen könnte. Nein, nein, ich bleibe Ihnen erhalten.«

Nun griff Konstanze tätig ein. Sie band ihre weiße Tändelschürze ab und drückte sie dem sprachlosen Vater in die Hand. Dann lief sie aus dem Saal.

Es ging alles so schnell, und die Amerikaner hängten sich, um nichts zu versäumen, so neugierig an den alten Grafen, dass er überhaupt keine Gelegenheit fand, mit Konstanze ein privates Wort zu wechseln. Die Gräfin Tante kam, von Mizzi gerufen, verwundert aus ihrem Küchenreich herauf und faltete fassungslos die Hände. Mizzi amüsierte sich, ohne die Zusammenhänge des Näheren zu kennen, wie ein Schneekönig. Und Franzl tat das Seine, dass das Tempo der Szene nicht verschleppt wurde.

Ehe sich's die andern recht versahen, saßen wir, aneinandergepresst, mit Koffern garniert, zu dritt in dem kleinen Auto und fuhren nach Salzburg hinein, durch Salzburg hindurch, über die Grenze hinweg, nach Reichenhall, vor das Hotel Axelmannstein. Konstanze ließ sich ein Zimmer geben. Dann tranken wir in der Bar darauf, dass alles gut ausgehen möge.

Franzl war bester Laune. Er scheint dem schriftstellerischen Talent seines Vaters zu misstrauen. »Der alte Herr«, sagte er, »soll gefälligst sein Gehirnkastel anstrengen, statt mit lebendigen Menschen zu experimentieren! Nicht, dass ich Nennenswertes von der Dichterei verstehe, aber eines gilt jedenfalls: Man darf das Leben nicht degradieren. Das Leben ist kein Mittel zum Zweck.«

Konstanze war mitleidiger. »Wann willst du dem Papa die Wahrheit sagen?«

»Fehler einzusehen, braucht es Zeit. Vierundzwanzig Stunden muss er zappeln.«

Konstanze ist auf ihr Zimmer gegangen; der Franzl ist heimgefahren. Morgen früh wird er anrufen und Bericht erstatten. Donnerwetter, hab' ich einen Hunger! Richtig, ich bin ja im Schloss H. über die Suppe nicht hinausgekommen.

»Herr Ober, die Speisekarte!«

# DAS INTERREGNUM

*Reichenhall, 29. August, nachmittags*

Franzl rief uns beizeiten an. Sein Vater läuft noch immer mit dem Bären herum, den wir ihm aufgebunden haben. Gestern Abend war er sogar heimlich in Salzburg und hat die Stadt nach Konstanze abgesucht. Er ist sich natürlich im Klaren, dass sie die Komödie nicht in ein Trauerspiel verwandeln wird. Immerhin: Eine der zwei Töchter ist mit einem wildfremden Menschen, der sie noch dazu für ein Stubenmädchen hält, durchgegangen! Das will ihm nicht in den Kopf, und er versteht im Grunde sein eigenes Theaterstück nicht mehr.

Auf das Wiedersehen mit ihm bin ich gespannt. Meine Freunde behaupten, ich könne unwiderstehlich sein. Ich werde ihn, wenn's darauf ankommt, was mein Charme hergibt, umgaukeln und bestricken. Und sollten sämtliche Stricke reißen, heiratet sie mich auch gegen seinen Willen.

Vor dem Essen spielten wir Tennis. Die Frau des

Trainers lieh einen Schläger her. Ich hatte alle Vor- und Rückhände voll zu tun, bis ich gewann. Dann schwammen wir selbander in dem kühlen Bassin hin und her und sprachen, weil ein kleines, quietschvergnügtes Mädchen auf der Badewiese Purzelbäume schlug, über Kinder.

»Georg«, sagte Konstanze, »willst du wie die meisten Männer auch nur kleine Jungen haben, keine kleinen Mädchen?« »Nicht mehr, seit ich weiß, wie reizend kleine Mädchen geraten können.« Ich rollte mich im Wasser um die eigene Achse und schwamm auf dem Rücken weiter.

»Schade, dass es so lange dauert, bis ein Baby fix und fertig in der Wiege liegt! Ich bin schrecklich neugierig, wie es aussehen wird!«

»Georg?«

»Hm?«

»Wie viele denn?«

»Was für wie viele?«

»Kinder!«

»Ach so. Das hängt ganz davon ab, wie das erste ausfällt.«

»Es wird seiner Mutter ähnlich.«

»Dann ein halbes Dutzend.«

»Hilfe!« Konstanze tat, als werde sie vor Schreck ohnmächtig. Sie ließ sich langsam untersinken und von mir an Land schleppen.

Die Wiederbelebungsversuche hatten übrigens Erfolg.
Nach dem Essen mietete ich ein Taxi, und wir fuhren nach dem Königssee. Dort verstauten wir unseren Wagenlenker in einem Bierstübl und schifften uns nach St. Bartholomä ein. Der Kapitän, der die erhabene Landschaft wacker erläuterte, blies schließlich, um das Echo aufzuwecken, gar prächtig auf einer Trompete.
Aber noch schöner als der kleine Dampferausflug war die grandiose Heimfahrt über die neue Alpenstraße. Über und neben uns der Watzmann und die anderen Gipfel mit ihren grauen Schneeschründen; unter uns grüne Täler, kleine Dörfer und Bauerngärten; es war fast zu schön. Der Großstädter, der die Natur nur dosiert und gerade deshalb, falls er erlebnisfähig ist, schon im magersten Gänseblümchen intensiv erlebt, ist der Natur in Folio-Ausgabe kaum gewachsen.

Übrigens, welch ein Tag! Eben noch inmitten des ewigen Gebirges. Jetzt in der Hotelhalle. In zwei Stunden drüben im Salzburger Dom zu Mozarts »Requiem«. – Karl hat angerufen. Er hat Karten für uns.

*Reichenhall, 29. August, nachts*

»Wie schön war doch das Leben! ... Heiteren Sinnes muss man es auf sich nehmen, was einem die Vorsehung zugeteilt hat. So beende ich denn meinen Grabgesang. Ich darf ihn nicht unvollendet lassen.«

Das sind Worte aus einem Brief, den Mozart zwei Monate vor seinem Tod schrieb. Was er nicht unvollendet lassen durfte, war das Requiem. Er vollendete es nicht. Als man am Lager des jungen sterbenden Komponisten die fertigen Partien probierte, brach er in hilfloses Schluchzen aus. »Hab' ich es nicht gesagt, dass ich dieses Requiem für mich schreibe?« In der Nacht darauf starb er.

»Dona ei requiem!«

Und noch diese Totenmesse, das letzte Opus des Salzburger Genies, entstand als Salzburger Komödie! Mozart schrieb das Werk im Auftrag eines großen Unbekannten, der ihm wiederholt einen geheimnisvollen Boten schickte und ihn mahnen ließ, die Arbeit zu vollenden.

Der große Unbekannte war ein Graf Franz von Walsegg. Dieser Graf Walsegg gab sich sein Leben lang das Air, ein bedeutender Komponist zu sein. Er ließ sich den Spleen viele Dukaten kosten, erteilte den Meistern der Zeit heimlich Aufträge und brachte ihre Werke unter seinem Namen zur Aufführung. Die adeligen Gäste, die den Konzerten lauschten, und das gesamte Orchester – alle wussten, dass er nicht der Komponist war, und doch taten sie, als ob er's wäre. Eines Requiems bedurfte er, da ihm Anfang 1791 die Gattin gestorben und er ihr eine Totenmesse zu »komponieren« schuldig war. Deshalb schickte er seinen alten Kammerdiener zu Mozart, und deshalb schrieb Mozart das Requiem …

Graf H., Konstanzes Vater, der sich und die Seinen Lakaien spielen lässt, nur weil er ein Lustspiel schreiben möchte, und jener Graf Walsegg – beide sind von dem gleichen österreichischen Adel und aus derselben komödiantischen Familie.

Kunst und Wirklichkeit, Theater und Leben: Überall sonst sind's zwei getrennte Sphären. Hier bilden beide ein unlösbar Ganzes.

Sollte das der Grund sein, dass hier, wie schon die römischen Kolonisten meinten, das Glück wohnt?

*Impressionen aus dem Mozart-Museum*

# FÜR ALLE FÄLLE

*Schloss H., 30. August, abends*

Frühmorgens waren wir mit der Seilbahn auf dem Predigtstuhl. Kaum standen wir oben, entdeckte Konstanze einen Kolkraben, der, mächtig wie ein Bussard, seine Kreise zog. Sie geriet, als sie den rar gewordenen Vogel sah, vollständig aus dem Häuschen und war lange Zeit nicht von der Stelle zu bringen. Stumm und verzückt wie ein beschenktes Kind verfolgte sie seinen Flug.

Sie liebt und kennt die Natur, liebt sie wie ich und kennt sie besser, nennt alle Blumen und Gräser bei Vor- und Familiennamen und ist mit den Tieren in Feld und Forst aufgewachsen. Eines steht für mich fest! Als Hochzeitsgeschenk bekommt sie von mir keinen Brillantring, sondern ein kleines Bauernhaus. Irgendwo in der Mark Brandenburg. An einem See, in dem sich die Kiefern und Birken spiegeln.

Mittags rief Franzl an. Konstanze eilte in die Telefonzelle. Als sie auf die bienenumsummte Hotelterrasse

zurückkehrte, war sie um einen Schein blasser als sonst.
»Schlechte Nachrichten?«
»Die Amerikaner reisen schon heute. Wir sollen gegen fünf Uhr drüben sein. Und du sollst deinen Smoking nicht vergessen.«
Ich sprang auf. »Dein Vater hat ja gesagt?«
»Er weiß noch gar nichts.«
»Wozu soll ich dann den Smoking mitbringen?«
»Franzl meinte: für alle Fälle.«
Für alle Fälle? Ich musste lachen. »Aha! Wenn dein Vater einverstanden ist, wird der Smoking ausgepackt; andernfalls bleibt er in der Tüte!«
»Aber Fäustchen! Wenn der Papa nicht will, sag' ich ihm doch ...« Sie schwieg.
»Was denn?«
»Dass er einwilligen muss, ob er will oder nicht!«
»Du willst ihm weismachen, dass wir schon verheiratet sind?«
»Junge, Junge«, meinte sie. »Bist du aber dumm! Da gibt es doch noch andre Repressalien!« Dann lief sie auf ihr Zimmer. Ich rannte hinterdrein und legte ein frisches, blütenweißes und gestärktes Oberhemd obenauf in ihren Koffer. Für alle Fälle.
Auf Schloss H. öffnete diesmal ein richtiger älterer Bediensteter. »Grüß Gott, Ferdl!«, rief Konstanze. »Wie kommen Sie denn so geschwind daher?«

Ferdl nahm mir den Koffer ab. »Der junge Herr hat uns im Auto hertransportiert.«
»Gut erholt?«
»Gut erholt, gnädiges Fräulein.«
In der Halle kam uns Franzl entgegen und konnte vor Lachen nicht reden. Wir waren auf einen so fröhlichen Empfang nicht gefasst.
»Entschuldigt!«, meinte er. »Aber die Sache ist wirklich zu komisch!«
»Unsere Verlobung?«
»Ach woher!«
Konstanze bekam Nerven. »Hast du denn noch immer nicht mit Papa gesprochen?«
»Doch.«
»Und?«
»Er war von der anderen Sache so erschüttert, dass er nur halb zugehört hat.« Franzl lachte schon wieder schallend los.
Ich kam mir, offen gestanden, wie ein Idiot vor und sagte: »Ich glaube, ich bin auf der falschen Beerdigung.«
Er schob seine Schwester und mich auf eine Tür zu. »Der Papa braucht Ablenkung. Unterhaltet euch ein bisschen mit dem Ärmsten.«
Konstanze öffnete die Tür, schaute durch den Spalt und zog mich zögernd in das Zimmer.
Graf H. saß in einem Lehnstuhl am Fenster und

nickte, als er unser ansichtig wurde. »Da bist du ja endlich wieder«, sagte er, »du verlorene Tochter!« Er gab mir die Hand. »Samt dem Doktor, der hübschen Stubenmädchen anderweitig eine Stellung verschafft.«

Konstanze streichelte seinen grauen Kopf. »Wir wollen uns heiraten, Papa.«

Er lächelte. »Franzl hat mir schon davon erzählt. Aber muss es denn wirklich dieser Berliner Herr sein, der mich mit Ventimiglia und dem Konjunktiv auf den Besen laden wollte?«

»Es muss dieser Berliner Herr sein, Papa«, sagte sie leise. Er sah mich an. »Ich möchte meiner Tochter die Drohung, dass sie andernfalls ins Kloster gehe, ersparen. Treiben Sie übrigens Ihren Charme nicht auf die Spitze!« (Ich hatte begonnen, unwiderstehlich zu sein, und es war ihm wohl unangenehm aufgefallen.) »Bevor ich mich einzuwilligen entschließe, muss ich Sie bitten, mir eine Frage zu beantworten.«

»Ich bin zu jeder Auskunft bereit. Mein Einkommen leitet sich von Zinkbadewannen her und ist nicht unbeträchtlich. Mein Gesundheitszustand ist vorzüglich. Mein …«

Er schüttelte den Kopf. »Ich will etwas andres wissen.«

»Was denn?«

»Was ist der Optativ?«

»Der Optativ ist eine Nebenform des Konjunktivs; die sogenannte Wunschform.« Ich musste lächeln. »Die Glückwunschform, Herr Graf.«
»Aha.« Er erhob sich und stand kerzengerade. »Möget ihr glücklich werden, liebe Kinder!«
Konstanze fiel ihm um den Hals. Hinter ihrem Rücken schüttelten wir Männer einander die Hand.
»War das ein Optativ?«, fragte er.
»Das war einer«, sagte ich, »und nicht der schlechteste, Herr Schwiegervater. Falls ich Ihre Tochter unglücklich machen sollte, steht es Ihnen frei, ein Stück über mich zu schreiben.«
»Bitte, jetzt nicht frotzeln!«, meinte er. »Ich bin kein Beaumarchais. Und im Augenblick denke ich überhaupt nicht gern ans Stückeschreiben.« Er klopfte Konstanze auf die Schulter. »Geh, Kleine! Lass mich mal mit dem Herrn allein! Ich muss ihm etwas erzählen.«
»Von der Sache, über die Franzl so gelacht hat?«
»Dein Bruder ist ein Rohling.«
»Darf ich's nicht mit anhören, Papa?«
»Nicht aus meinem Munde! Der Vater in mir sträubt sich, in deiner Gegenwart zu blamable Dinge über mich berichten zu müssen.«
Dann fiel sie mir um den Hals. Anschließend ihm. Daraufhin mir. Frauen haben es leicht. Sie sind fähig, ihren Empfindungen Ausdruck zu verleihen.

Nachdem sie aus dem Zimmer war, machten wir es uns am Fenster gemütlich. Er bot mir eine Zigarre an. Wir rauchten und schwiegen. Drüben im Wirtschaftsgebäude hing noch immer die holzgeschnitzte Dreifaltigkeit, und über dem Heiligen Geist nistete noch immer das Vogelpärchen. Ich spürte, wie mich der alte Herr von der Seite musterte. Endlich sagte er: »Sie haben das Ihre getan, mein Lustspielprojekt zu fördern.«

Ich zog an der Zigarre: »Wir fanden den Einfall in der Tat nicht übel. Der alte Graf glaubt, die Tochter werde allgemein für ein Stubenmädchen gehalten. Einer der Gäste weiß es besser und geht mit ihr durch. Der Graf muss die Tochter, da er trotz seiner Bemühungen keine Sekunde Zeit findet, allein mit ihr zu reden, notgedrungen ziehen lassen und bleibt in nur allzu begreiflicher Erregung zurück. Die Situation erscheint mir recht geeignet, den vorletzten Akt zu beschließen. Das Publikum weiß, wie sich das gehört, mehr als die düpierte Hauptperson. Die Überraschungen, die dieser weiterhin bevorstehen, werden das Vergnügen der Zuschauer im letzten Akt bilden. Dort genügt dann die Einführung einer neuen Nebenfigur – Sie wissen besser als ich, wie dergleichen gemacht wird –, und der Heiterkeitserfolg des Stücks ist gewährleistet.«

»Sie haben vorhin meinen Sohn lachen gehört?«

»Jawohl.«
»Da haben Sie's«, meinte er melancholisch. »Es war das Publikum, das den letzten Akt miterlebt und komisch gefunden hat, sogar ohne dass eine Figur aufgetaucht wäre.«
»Solche Lustspiele gibt es auch«, sagte ich. »In einem solchen Fall muss allerdings die Situation vor dem Aktschluss für Mitspieler und Zuschauer eine völlige Überraschung bringen.«
»Das weiß der Himmel! – Stimmt es, dass Sie nur wenig Englisch verstehen? Oder ist auch das ein freiwilliger Beitrag zu meinem Stück?«
»Mein Englisch lässt tatsächlich alles zu wünschen übrig«, erklärte ich.
Er setzte sich gerade. »Dann also auf gut Deutsch! Letzter Akt, letzte Szene: Mister Namarra, der ›Zellephant‹, wie ihn Mizzi getauft hat, musste schon heute reisen. Wegen eines notwendig gewordenen Zwischenaufenthaltes in Paris. Wir ›Angestellten‹ fanden uns, bevor die Gäste ihr Auto bestiegen, gewissenhaft an der Freitreppe ein, um unsern Kratzfuß zu machen und die üblichen Trinkgelder in Empfang zu nehmen.
Meine Schwester, die Pseudoköchin, sträubte sich bis zur letzten Minute. Dass sie von einem amerikanischen Millionär Trinkgelder annehmen solle, sei nicht mehr komisch, fand sie. Es kostete Mühe, sie schließlich doch ans Tor zu schleppen. Endlich standen wir

schön ausgerichtet nebeneinander: meine Schwester, die Mizzi, mein Herr Sohn und ich. Die Amerikaner kamen die Treppe herunter. Wir verbeugten uns. Mister Namarra blieb bei mir stehen. Ich wölbte dezent die zum Nehmen bereite Handfläche. Da sagte er … Wollen Sie einen Whisky?«

Ich fuhr zusammen. »Er bot Ihnen im Weggehen einen Whisky an?«

»Aber nein! Ich frage Sie, jetzt und hier, ob Sie einen Whisky nehmen wollen.«

»Verbindlichen Dank. Im Augenblick nicht. Vielleicht ist ein Schluck Alkohol am Ende Ihres Lustspiels angebrachter.«

»Sie leiden an Ahnungen«, erklärte Graf H. »Also, der Millionär blieb stehen, klopfte mir gönnerhaft auf die Schulter und sagte: ›Es war wundervoll bei Ihnen, und Sie haben Ihre Sache ausgezeichnet gemacht. Ich nehme an, dass sich's um eine Wette handelt, wie?‹

Eine Wette? Was meinte er?

Er zeigte sämtliche Zähne und fuhr fort: ›Ich bin viel in der Welt herumgekommen, aber einem Grafen, der so gut Theater spielt, bin ich noch nie begegnet.‹

Seine Tochter, die blonde Riesenschlange, lächelte zuckersüß und sagte: ›Auch die übrigen Mitglieder der gräflichen Familie haben sich als Dienstboten vorzüg-

lich bewährt. Bis auf Komtesse Konstanze. Nun, so etwas kommt in den besten Familien vor.‹
Namarra junior kaute Gummi und knurrte: ›In der Tat, es war wirklich guter Sport.‹ Die magere Millionärin nickte. ›Ich hoffe, dass wir die Spielregeln eingehalten haben.‹ Wir vier vom Hause H. standen wie vom Donner gerührt. Franzl brachte als Erster den Mund auf. ›Seit wann wissen Sie es denn?‹, fragte er.
Namarras zweiter Sekretär, der Dicke, holte wortlos eine illustrierte Zeitschrift aus dem Mantel und wies auf eine Photographie. Auf derselben war ich mit den Meinen abgebildet, und die Unterschrift teilte ausführlich mit, um wen sich's handle. Die Photographie gehörte zu einer ›Österreichische Schlösser und ihre Besitzer‹ betitelten Serie.
Die Blonde sagte kalt: ›Wir wussten es vom ersten Tage ab.‹ Dann stiegen sie alle ins Automobil. Der Chauffeur grinste wie ein Nussknacker. Ich riss mich zusammen und trat zu dem Wagen.
›Mister Namarra, warum haben Sie uns das nicht gleich gesagt?‹
Er beugte sich aus dem Fenster. ›Wir wollten Ihnen den Spaß nicht verderben!‹ Dann fuhren sie ihrer Wege.«
Ich gebe zu, dass ich gern gelacht hätte. Wenn auch nicht so laut und unverschämt wie Franzl. Doch der

alte Herr blickte so betreten auf seine blanken Stiefeletten, dass das Mitleid überwog. Ich sagte nur: »Jetzt wäre ein Whisky angebracht.«
Er brachte Whisky, Siphon und Gläser. Wir mischten und tranken. »Sie dürfen ruhig lachen«, meinte er, als wir die Gläser wieder hinsetzten.
Ich widersprach. »Ich hebe mir mein Lachen bis zur Premiere Ihres Stückes auf. Denn so blamiert Sie sich vorkommen – der letzte Akt hat nun genau die Schlussszene, die er braucht.«
»Ich bin ein Dilettant, mein Bester.«
»Ein Amateur.«
»Dilettant hin, Amateur her. Wer das Leben in Szene setzt und kostümiert, weil ihm selber nichts einfällt, der soll das Schreiben lassen. Mein Sohn hat mir das oft genug vorgebetet.«
»Ihre Komödie hat ja doch den Amateurschriftsteller zum Helden!«, rief ich. »Sie sind, verzeihen Sie, eine Molière'sche Figur! Der Amateur, der erst erleben muss, was er schreiben will, und der dann etwas erlebt, was er gar nicht schildern mag! Das ist doch ein köstliches Sujet!«
»Ihre Begeisterung in allen Ehren«, sagte der alte Herr. »Doch ich glaube, die Tragikomödie des Dilettanten darf unter gar keinen Umständen ein Dilettant schreiben.«
»Es tut mir leid. Sie haben recht.«

Er nickte mir zu. »Sehen Sie, sehen Sie. Ich muss mich nach einem neuen Beruf umschauen!«
»Ich wüsste einen.«
»Was soll ich denn auf meine alten Tage werden?«
»Großvater!«
Er lachte.
»Es wird mein Bestreben sein, Sie so bald wie möglich Ihrem neuen Beruf zuzuführen«, sagte ich.
Er erhob sich. »Ich habe meine Schuldigkeit getan. Tun Sie die Ihre!«

# DER ABSCHIED

*Schloss H., 31. August, mittags*

Die Verlobungsfeier begann gestern Abend mit der Feststellung, dass ich den Smoking doch vergessen hatte! Konstanze fuhr mich nach Salzburg. Karl war zwar wieder nicht im Höllbräu. Doch der Wirt erkannte mich und gestattete mir, in Karls Zimmer einzubrechen. Nachdem ich mir mein rechtmäßiges Eigentum – den Smoking, die Hemd- und Manschettenknöpfe, die Krawatte und die Lackschuhe – unrechtmäßig angeeignet hatte, bummelten wir durch die Straßen.

Die Festspiele sind vorüber. Die meisten Fremden sind abgereist. Salzburg sinkt langsam in seinen Dornröschenschlaf, der elf Monate dauern wird. So lange gehört Salzburg den Salzburgern; dann vermieten sie es von neuem.

Wir blieben an Schaufenstern stehen, und ich zeigte Konstanze die alte goldene Kette, das Silberfuchscape und den Orchideenstrauß, die ich ihr, ohne einen

Groschen in der Tasche, also in der Theorie, zugedacht hatte. Sie freute sich über die hypothetischen Brautgeschenke von ganzem Herzen und versprach mir, sich zu Hause »mündlich« zu bedanken. Anschließend verschwand sie in einem Blumengeschäft und kehrte mit einer weißen Chrysantheme für das Smokingknopfloch zurück.
Jetzt sah mein spekulativer Kopf Möglichkeiten! Ich tauschte die Ansteckblume im Laden gegen eine kleinere um und ließ mir die Differenz mit einem Veilchensträußchen aufwiegen. Dieses winzige dunkelblaue Veilchensträußchen drückte ich ihr in die Hand und sagte: »Das wäre nun also mein Verlobungsgeschenk. Hoffentlich habt ihr so große Vasen!«
Karl entdeckten wir zufällig in der Rathausapotheke am Markt. Er hatte wieder einmal einige Buntstifte quer zwischen den Zähnen und konterfeite alte Arzneiflaschen, Salbenbüchsen und Mörser sowie den konvexen Herrn Provisor. Wir stürmten die Apotheke und zwangen Karl, unverzüglich Feierabend zu machen. Er musste uns aus voller Brust gratulieren, eilig den Smoking anziehen und nach H. mitkommen.
Während der Fahrt erzählten wir ihm den Ausgang der Stegreifkomödie. Er sagte zu Konstanze: »Ihr Vater tut mir fast leid. Ein Lustspiel wollte er schreiben. Eine komische Figur ist er geworden.«
»Papa behauptet, Fäustchen habe ihn mit so treff-

lichen Argumenten getröstet, dass ihn die Affäre nicht länger reue.« Sie wandte sich an mich. »Womit hast du ihn denn getröstet?«

»Ach, ich hab' ihm nur einen neuen Beruf vorgeschlagen.«

»Allmächtiger!«

»Soll er malen?«, fragte Karl.

»Unsinn.«

»Was für einen Beruf?«, erkundigte sich Konstanze.

»Das ist unser Geheimnis.«

»Wird der neue Beruf nicht wieder zu schwierig für ihn sein?«

»Ausgeschlossen, Liebling!«

»Du weißt, dass es mit seiner Phantasie nicht allzu weit her ist.«

»Der neue Beruf stellt in jeder Beziehung mäßige Ansprüche.«

Die beiden rieten auf allerlei: auf Golf, Briefmarkensammeln, Memoirenschreiben und dergleichen.

Ich schwieg eigensinnig.

Konstanze schüttelte den Kopf und murmelte: »Kinder, Kinder!«

Dass ich daraufhin lachte, fand sie irrigerweise höchst unangebracht.

Die kleine Feier geriet zum Glück durchaus unfeierlich. Da es Franzl nicht gelungen war, mehr als drei

*Die alte Apotheke*

der beurlaubten Dienstboten aufzutreiben, spielte sich das Ganze wie ein Picknick ohne Waldwiese ab und bot der Gräfin Tante, einer wirklich entzückenden alten Dame, zahllose Gelegenheiten zu echt hausfraulicher Verzweiflung. Franzl und Karl hatten, als wir den Saal betraten, Körbchen in der Hand und markierten eifrige Blumenstreukinder. Nach dem Essen sagte Mizzi Schillers »Glocke« auf. Dieses Riesengedicht weist unaufhörlich auf die Freuden des Braut- und Ehestandes hin, und die kleine Schwägerin versäumte nicht, bei den einschlägigen Stellen bedeutsam den Zeigefinger zu heben. Von »Errötend folgt er ihren Spuren« bis »Da werden Weiber zu Hyänen« blieb uns nichts erspart. Ferdl, der brave Kammerdiener, soufflierte aus einem alten goldgeschnittenen Lederband, und Franzl machte, zum Verdruss der Tante, despektierliche Zwischenbemerkungen. Konstanze hatte das Veilchensträußchen vor sich stehen und trug ein Abendkleid aus kupferrotem Samt.

Zum Sekt hielt der alte Herr die Festrede. Er umriss die Entstehungsgeschichte der Verlobung, ließ es an der erforderlichen Selbstironie nicht fehlen und gab offiziell bekannt, dass er das dramatische Handwerk nunmehr an den Nagel gehängt habe. (Schade, dass er nicht so amüsant schreibt, wie er plaudert. Es handelt sich eben doch um zwei grundverschiedene Talente.) Zum Schluss gab er seiner Genugtuung darüber Aus-

druck, dass ich ihn der Sorge um eine der Töchter enthöbe, und schenkte mir als Gegenleistung, irgendwo in den Tauern, ein Jagdrevier samt Blockhaus!
Nachdem wir einander zugetrunken hatten, dankte ich ihm für die Tochter und für die Jagd, lehnte jedoch das zweite Geschenk ab, da ich, im Rahmen der internationalen Devisenkrise, nicht befugt sei, ausländische Liegenschaften anzunehmen. Konstanze, sagte ich, lasse sich zwar nach Deutschland einführen, aber mit den Hohen Tauern sei mir das zu umständlich.
Das konnte er verstehen.
Da er hartnäckig darauf bestand, mir etwas Gutes zuzufügen, und mir nichts einfallen wollte, bat ihn Konstanze, mich auf der Heimreise bis nach München begleiten zu dürfen. »Wegen der Verlobungsringe«, behauptete sie nicht gerade überzeugend.
Graf H. war in Geberlaune. Er erklärte sich einverstanden.
Morgen früh fahren wir.
Sie muss am 2. September zurück sein, weil dann die ganze Familie, wie jedes Jahr, nach Meran reist. Zur Traubenkur.

*Schloss H., 31. August, nachts,*
*bzw. 1. September, morgens*

»Und wir zogen mit Gesang
aus dem einen Restaurant
in das nächste Restaurant
usw.«

Ich bin so blau wie hundertzwanzig Veilchen! (Klingt fast wie eine Schlagerzeile.) Aber das ist bezeichnend für meine wissenschaftliche Gründlichkeit, die sich auch auf außerwissenschaftlichen Gebieten, obwohl man geltend machen könnte, Karl und ich wären dem Alkohol in dessen zahlreichen Erscheinungsformen mit durchaus wissenschaftlicher Akribie …

Der Teufel hole den Satz! Dabei wollten wir uns gar nicht betrinken! Wir wollten nur von Salzburg und voneinander Abschied nehmen, Karl und ich. Wir bummelten gefühlsselig über die herrlichen Plätze und durch die alten, geheimnisvollen Gassen. Es war eine märchenhafte Sommernacht. Manchmal schien der Mond, manchmal nur eine Laterne, und uns war beides recht.

Wir gingen kaum; wir ließen uns gehen. Zwei befreundete Silhouetten, so schritten wir in dem magischen Kreis dahin, der Salzburg heißt. Wir standen schweigend vor silberglänzenden, rauschenden Brunnen – und gerade das hätten wir nicht tun dürfen!

Nur weil die Brunnen rauschten, bzw. weil wir diesem Rauschen, d.h. dem akustischen Effekt, der dadurch entsteht, dass sich Flüssigkeit schnell bewegt …
Wieder so ein hoffnungsloser Satz, der nicht leben und nicht sterben kann! Kurz, wir bekamen Durst, und in einer italienischen Weinstube fing es an. Mit Asti vom Fass und einem Fiasco Chianti, doch ein Fiasko kommt selten allein.
Nein, zuerst waren wir im Peterskeller und tranken Prälatenwein. Eigentlich lauter leichte, bekömmliche Sachen! Vielleicht hätten wir den Whisky nicht trinken sollen, den wir in einer Bar schrägüber vom Österreichischen Hof vereinnahmten bzw. verausgabten. Oder die Ohios und Martinis, zu denen uns der Amerikaner einlud, der neben Karl saß. Andrerseits, man kann einem Menschen, der extra deswegen von Übersee kommt, so etwas unmöglich abschlagen!
Sonst fährt der Mann verbittert heim und erzählt dort, Karl und ich seien unhöfliche Menschen; und bei der bekannten Neigung, Eindrücke zu verallgemeinern, könnte das für ganz Europa zu Komplikationen, die heute mehr denn je vermieden werden sollten …
Schon wieder Kurzschluss. Ich bin auf mein Gesicht neugierig, das ich morgen früh machen werde, wenn ich lese, was ich jetzt schreibe!
Deswegen mussten wir auch mit dem Amerikaner noch ins »Casino« gehen. Es war eine nahezu diplo-

matische Mission. Denn jeder Mensch ist im Ausland ein Botschafter seiner Heimat. Wir benahmen uns also wie die Botschafter. Karl bestellte eine Flasche Sekt, und was ist schon eine einzige Flasche Sekt, dividiert durch drei Männer? Aus diesem Grunde tranken wir noch eine Flasche. Dann fasste der Amerikaner den löblichen Vorsatz, die Bank zu sprengen, und entfernte sich, weil die Bank in einem anderen Raum stand. Und Karl und ich gingen an die frische Luft. Dass wir hierbei auf die Straße nach Mülln und in den Augustinerkeller gerieten, dafür kann kein Mensch! (Wir haben auch niemandem Vorwürfe gemacht.)

Ein paar Gläser Bier können nie schaden, am wenigsten in warmen, schönen Sommernächten, unter Lampions, in einem alten Wirtshausgarten. Biergläser waren es eigentlich nicht, sondern irdene Maßkrüge. Und lauter Leute am Tisch, die sich auf Bier verstanden; obendrüber dunkelblauer, gestirnter Himmel, mit einer Apfelsinenscheibe Mond darin, wie in einer Bowle – hinreißend!

Auf dem Heimwege haben wir dann, wenn ich nicht irre, gesungen. Karl hakte sich bei mir unter und sagte: »Damit du nicht umfällst.« Dabei wollte er sich nur an mir festhalten! Er ist ein lieber Kerl, aber er gehört leider zu den Leuten, die nie zugeben werden, dass sie einen in der Krone haben.

Da bin ich anders. Wenn ich einen Schwips gehabt

hätte, dann hätte ich das unumwunden zugegeben. Dass *ich* keinen hatte, ist, obgleich ich einen ganzen Stiefel vertrage, bis zu einem gewissen Grade Zufall. Es hätte umgekehrt ebenso gut, nein, es hätte ebenso gut umgekehrt sein können, aber es war nicht umgekehrt!

Was ist eigentlich nicht umgekehrt? Oh, mein Schädel! So oft hab' ich mir ein schlechtes Gedächtnis gewünscht. Denn das meiste verdient vergessen zu werden. Und nun hab' ich das schlechte Gedächtnis. Hoffentlich nur heute. Denn es gibt so vieles, woran man sich noch lange erinnern möchte. (Ich scheine mir eben irgendwie widersprochen zu haben.)

Dann blieb Karl plötzlich stehen, breitete die Arme weit aus und deklamierte: »Hic habitat felicitas!«

Ich fragte: »Wer wohnt hier?«

»Felicitas«, sagte er.

»In diesem Hause dort drüben?«, fragte ich ganz bescheiden.

Er antwortete nichts als: »Ignorant!«

Das kränkte mich, und ich rief: »Ich kann doch nicht alle Mädchen kennen, zum Kuckuck!«

»Oh«, sagte er nur.

Ich lenkte ein. »Wenn du willst, können wir ja einmal klingeln. Vielleicht hat sie einen leisen Schlaf, wacht auf und guckt ein bisschen aus dem Fenster!«

Er schauderte.

»Oder ist sie verheiratet?«, fragte ich behutsam.

Und nun wollte er mich in die Salzach werfen. Es unterblieb eigentlich nur, weil die Salzach nicht in der Nähe war. Was wir dann gemacht haben, weiß ich nicht mehr. Ich vermute, dass wir weitergegangen sind. Sonst stünden wir jetzt noch vor dem Haus. Da ich aber im Schloss eingetroffen bin, kann ich unmöglich … Du liebe Güte, ob Karl noch dort steht?

Nein, nein. Nachdem ich an dem Hause geklingelt und ziemlich laut nach Felicitas gerufen hatte, rissen wir ja aus! Wie die Schuljungen. Und dann? Halt, es dämmert!

Im Mirabellgarten, am Zwergen-Rondell, hielt Karl eine Rede! An die steinernen Zwerge. Ganz recht. So war's.

»Meine Herren Zwerge«, sagte er.

Ich setzte mich ins Gras und meinte: »Eine Frau Zwerg ist auch dabei. Sei höflich!«

»Meine Herren Zwerge«, wiederholte Karl. »Sie kennen Salzburg länger als jener betrunkene Mensch, der sich auf Ihrer Wiese breitmacht; Sie kennen es länger als ich und sogar länger als … als …«

»Baedeker«, schlug ich vor.

»Als Baedeker, jawohl. Sie haben Salome Alt gekannt, als sie noch jung war und in diesem schönen Garten mit einem Ihrer Herren Kirchenfürsten lustwandelte.«

*Steinzwerge vom Zwergenrondell im Mirabellgarten*

»Lusthandelte«, verbesserte ich gewissenhaft.

Karl geriet in Feuer. »Sie haben Mozart gekannt, als er noch bei seinem Papa Klavierstunden hatte! Ich habe Vertrauen zu Ihnen, meine Herren. Sie sind klein, aber oho! Gestatten Sie, dass ich du zu Ihnen sage?«

»Bittschön«, brummte ich.

»Sie werden sich vielleicht fragen, warum ich mich mit meinem Anliegen nicht an die vorzüglich gewachsenen Damen aus Stein wende, die seit Jahrhunderten am Eingange des Gartens auf Sockeln stehen und nichts anhaben.«

»Ach wo«, sagte ich. »Zwerge interessiert so etwas überhaupt nicht. Aber vergiss nicht, dass du sie duzen wolltest.«

Karl nickt und klopfte einem der Zwerge kollegial auf den steinernen Buckel. »Liebe Liliputaner und Liliputanerinnen«, meinte er dann, »ihr könntet eurer kleinen Stadt einen großen Gefallen tun. Wenn einmal jemand vom Festspielkomitee hierherkommen und sich wie wir mit euch unterhalten sollte …«

»Ausgeschlossen«, erklärte ich.

»So richtet ihm einen schönen Gruß von mir aus.«

»Von mir auch!«, rief ich. »Unbekannterweise!«

»Und sagt ihm …«

»Noch einen schönen Gruß?«

»Sagt ihm, Österreich habe so viele Genies gehabt …«

»Das weiß der Mann doch schon!«

»Und nur deren Heiterkeit passe völlig zur Heiterkeit dieser Stadt, genau wie nur ihre Melancholie sich zu dieser Landschaft, wenn sie trauert, schicke.«

»Hoffentlich können sich die Zwerge das alles merken«, meinte ich besorgt.

»Warum spielt man keinen Raimund? Warum nicht Nestroy? Warum nicht noch mehr Mozart? Wie? Warum stattdessen ...«

»Woher sollen denn das die Pikkolos wissen!«, sagte ich ärgerlich und stand auf.

»Hab' ich nicht recht?«, fragte er.

»Natürlich hast du recht«, meinte ich. »Außerdem soll man Betrunkene nicht reizen.«

»Ich wäre betrunken?«

»Wieso ›wäre‹? Du bist es!«

»Ich bin nüchtern wie ... wie ...«

Mir fiel auch kein angemessener Vergleich für den Grad seiner Nüchternheit ein.

»Aber du, du bist blau!«, rief er.

»Ich bin nüchtern wie ... Ich war noch nie so nüchtern wie heute!«

»Ich auch nicht!«

»Dann möchte ich die beiden Herren mal besoffen sehen«, sagte jemand hinter uns.

Ich erschrak.

Aber es war gar kein Zwerg.

Sondern ein Wachmann.

# DIE HEIMKEHR

*Im Schlafwagen München–Berlin,*
*2. September, nachts*

Das Kursbuch liegt aufgeschlagen vor mir. In drei Minuten hält der D-Zug Salzburg–Meran in Innsbruck. Dann wird Konstanze die Augen für einige Zeit fest, ganz fest schließen und an mich denken. Und ich werde dasselbe tun. Das heißt: Ich werde natürlich nicht an mich, sondern an sie denken! Wir haben das, als sie heute früh in München abfuhr, so verabredet. Ich hätte es nie für möglich gehalten, dass das Kursbuch eine derart romantische Lektüre abgeben kann. Man lernt nicht aus.
Noch zwei Minuten!
Morgen früh ist sie in Meran. Und ich bin wieder in Berlin. Sie wird am Nachmittag nach San Vigilio hinauffahren und nachschauen, ob schon Schnee liegt. Ich werde den Kurfürstendamm bevölkern helfen, in Halensee über die Brücke und dann nach Hundekehle hinausspazieren.

Noch eine Minute!
Eigentlich habe ich immer eine fast panische Angst vor der Liebe gehabt. Ich glaube, es war eine Art Geiz. Oder war es Ökonomie? Instinktive Ökonomie? Konstanzes Foto ist schon ganz zerknittert. Es ist Zeit! Jetzt fährt ihr Zug in Innsbruck ein. Jetzt hält er. Jetzt lächelt sie und schließt die Augen fest, um an mich zu denken. Und nun mach' auch ich die Augen zu.
(Hoffentlich geht meine Uhr richtig!)

*Berlin, 3. September, vor Mittag*

Ich habe gerade mit Konstanze telefoniert. Ihr Vater ist damit einverstanden, dass die Hochzeit Weihnachten stattfindet. Hochzeit unterm Christbaum in Salzburg – das grenzt an Sensationslust! Ich muss gleich nachschauen, wann in diesem Jahr Weihnachten ist.
Am 25. Dezember.
Ach richtig, das ist ja in jedem Jahr so.

*Berlin, 3. September, etwas später*

Eben hat mir die kleine Tante die zweite Post ins Zimmer gebracht. Es war ein Schreiben der Devisenstelle dabei.

Die Devisenstelle teilt mit, dass sie mein Gesuch um Devisenbewilligung für eine Sommerreise nach Salzburg nunmehr genehmigt habe.

# ANMERKUNGEN

(in der Reihenfolge des Auftretens)

*Anmerkungen des Verlegers Kurt Leo Maschler*
Maschinenschriftliches Dokument aus dem Nachlass Kurt L. Maschlers. Genaues Datum unbekannt.

*Kurt Leo Maschler* (1898–1986)
Von 1935 bis 1975 Verleger des Atrium Verlages. Nach dem Verbot der Bücher von Erich Kästner gründete Kurt Leo Maschler 1935 den Atrium Verlag in der Schweiz, um Erich Kästners Bücher weiter im deutschsprachigen Raum veröffentlichen zu können. Als Jude musste K. L. Maschler aus Deutschland emigrieren und flüchtete über Österreich und die Niederlande nach London, wo er bis zu seinem Tod lebte. Der Atrium Verlag behielt seinen Sitz in Zürich und wurde von K. L. Maschler von London aus geleitet.

*Georg Rentmeister*
Alter Ego von Erich Kästner (1899–1974), der seine Erlebnisse in diesem Roman in literarischer und fiktional erweiterter Form wiedergibt.

*Die kleine Tante*
Fiktiver Name für Elfriede Mechnig, Kästners Sekretärin seit 1928 (bis 1973)

*Jakob Michael Reinhold Lenz* (1751–1792)
Deutscher Schriftsteller des Sturm und Drang

*Karl*
Fiktiver Name für Walter Trier (1890–1951). Trier war langjähriger Illustrator der Kästner-Bücher und Freund Erich Kästners. Er emigrierte bereits 1936 nach London.

*Hotel Axelmannstein*
1909 Bau des Grandhotels Axelmannstein. Alois Seethaler gestaltete zusammen mit seinem Sohn Karl Alois das Haus zu einem in aller Welt hochgeschätzten Hotel der obersten Kategorie. Karl Alois Seethaler war 1937 Direktor des Grandhotels. Ihm übergab Erich Kästner täglich seine Brieftasche, bevor er sich – mittellos – nach Salzburg auf den Weg machte.

*Wolf Dietrich von Raitenau* (1559–1617)
Fürsterzbischof von Salzburg von 1587 bis 1612. Bedeutender Bauherr des Barock, zum Beispiel der Neuen Residenz (Salzburg) und des Schlosses Altenau (heute Schoss Mirabell). Durch ihn wurde Salzburg zur ältesten Barockstadt nördlich der Alpen.

*Markus Sittikus von Hohenems* (1574–1619)
Fürsterzbischof von Salzburg von 1612 bis 1619; Nachfolger und Neffe von Raitenaus. Führte als Bauherr das Konzept seines Vorgängers fort, zum Beispiel das Schloss Hellbrunn mit den weltberühmten Salzburger Wasserspielen. Aus Angst, dass sein Vorgänger und Onkel Unruhen auslösen könnte, hielt er von Raitenau bis zu dessen Lebensende auf der Festung Hohensalzburg gefangen.

*Paris Graf von Lodron* (1586–1653)
Wurde von Markus Sittikus von Hohenems zum Dompropst, 1619 dann zum Salzburger Erzbischof (von 1618 bis 1648) gewählt. Es gelang ihm, Salzburg aus dem Dreißigjährigen Krieg herauszuhalten. Paris Graf von Lodron stellte den Salzburger Dom fertig und gründete 1623 die Universität Salzburg, die heute seinen Namen trägt.

*Salzburger Festspiele*
Am 22. August 1920 wurde »Jedermann« von Hugo von Hofmannsthal in der Regie von Max Reinhardt auf dem Domplatz in Salzburg aufgeführt. Diese Aufführung markiert die Geburtsstunde der Salzburger Festspiele. 1921 gab es neben der »Jedermann«-Aufführung auch Kammer- und Orchesterkonzerte, 1922 kamen auch vier Mozart-Opern zum Festspielprogramm hinzu. Nach dem Anschluss Österreichs an das

Deutsche Reich musste 1938 der »Jedermann« aus dem Festspielprogramm genommen werden. 1944 durften auf Anordnung des Reichspropagandaministers Goebbels die Festspiele als Konsequenz aus dem Anschlag am 20. Juli 1944 nicht stattfinden; lediglich die Generalprobe zu Richard Strauss' neuester Oper »Die Liebe der Danae« wurde erlaubt. 1945, nach dem Ende des Krieges wurden die Salzburger Festspiele, zunächst mit einem stark eingeschränkten Programm, wieder aufgenommen.

*Café Glockenspiel* (Mozartplatz 2)
wurde baulich saniert und renoviert und heißt seit 2006 Café Demel Salzburg.

*Café Tomaselli* (Alter Markt 9)
1705 gegründet, das älteste »original Wiener Caféhaus« Österreichs

*Hans Markart* (1840–1884)
Bedeutender österreichischer Maler und Dekorationskünstler. Geboren in Salzburg, ging er bereits mit 18 Jahren nach Wien und studierte dort an der Akademie der bildenden Künste. Später wurde er Professor an der Akademie in Wien und Leiter der Spezialschule für Historienmalerei. Markart gilt als der repräsentative Maler der Ringstraßenepoche.

*Beinfleisch*
Gekochtes Ochsenfleisch von der Rippe (Quer-, Zwerchrippe), das so tranchiert und serviert wird, dass die Rindfleischportionen mit je einem Stück Bein (Knochen; daher der Name) auf den Tisch kommen.

*Colloredo*
Österreichisches Adelsgeschlecht. Hieronymus Graf von Colloredo (1732–1812) war von 1772 bis 1803 der letzte Fürsterzbischof von Salzburg. Er galt als Sparsamkeitsapostel und setzte Wolfgang Amadeus Mozart sehr zu.

*Michael Pacher* (1435–1498)
Südtiroler Maler und Bildschnitzer. Er gilt als einer der wich-

tigsten Meister der österreichischen Spätgotik. In der Salzburger Spätphase entstanden bis auf Einzelstücke verlorene Flügelaltäre für die Franziskanerkirche und die St. Michaelskirche.

*Hermann Bahr* (1863–1934)
Österreichischer Schriftsteller, Dramatiker sowie Theater- und Literaturkritiker; von 1906 bis 1907 arbeitete er als Regisseur bei Max Reinhardt am Deutschen Theater in Berlin, von Juni bis November 1918 wirkte er als erster Dramaturg am Wiener Burgtheater. Später war Bahr Lektor des S.Fischer-Verlages. Hermann Bahr war, insbesondere durch seine kritischen Schriften, ein bedeutender Literaturtheoretiker der Jahrhundertwende und wesentlich an der Definition neuer Stilrichtungen beteiligt. Er war ein Freund Hugo von Hofmannsthals und wirkte an der Begründung der Salzburger Festspiele mit.

*Peter Cornelius* (1824–1874)
Deutscher Komponist und Dichter; Dozent für Rhetorik und Harmonielehre an der Münchner Musikhochschule. Erste Oper: »Der Barbier von Bagdad«, Uraufführung 1858 unter der Leitung von Franz Liszt.

*Neues Wiener Journal: unparteiisches Tagblatt*
Die erste Ausgabe erschien in Wien am 22. Oktober 1893 – die letzte am 31. Januar 1939.

*Der sterbende Gallier*
ist eine antike aus Marmor ausgeführte Plastik, die sich heute in den Kapitolinischen Museen Roms befindet, der Name des Künstlers ist unbekannt. Die Statue zeigt mit bemerkenswertem Realismus einen sterbenden Barbaren, der, gerade noch sitzend, getroffen zu Boden blickt.

*Bernhard Paumgartner,* (1887–1971)
Hofrat Prof. Dr., österreichischer Dirigent, Komponist und Musikschriftsteller. Paumgartner leitete das Wiener Tonkünstler-Orchester und wurde 1917 Leiter des Salzburger Mozarteums. In Salzburg hat er maßgeblich an der Gestaltung der Festspiele mitgewirkt und leitete unter anderem Serenadenkonzerte. 1959 wurde Paumgartner Präsident der Salzburger Festspiele.

*Perchtenspiele,*
Alpenländische Fasnachtsspiele. »Perchten« sind nach dem Volksglauben dämonische Wesen und werden bei Umzügen mit Masken dargestellt.

*Tritonen*
In der griechischen Mythologie Diener des Poseidon oder der Aphrodite und Liebhaber der Nereiden. Sie werden mit zwei Fischschwänzen anstatt der menschlichen Beine oder mit einem Fischschwanz und Vorderbeinen eines Pferdes an der Hüfte dargestellt.

*Otto Reutter* (1870 – 1931)
Eigentlich Otto Pfützenreuter, deutscher Komiker, Vortragskünstler von satirischen Couplets.

*Konjunktiv und Optativ*
Optativ ist in einigen Sprachen ein eigenständiger Modus des Verbs, der einen Wunsch ausdrückt. Z.B. gibt es im Griechischen dafür eigene Formen, im Deutschen wird diese Form vom Konjunktiv übernommen oder mit Modalverben umschrieben.

*Sebastiansfriedhof* (Linzergasse 41)
Auf dem Familiengrab Mozart in Salzburg erinnern Steine an: Constanze von Nissen, Witwe Mozart, geborene Weber (Mitte) – Jeanette Berchtold von Sonnenburg und Genovefa Weber (links) – Leopold Mozart und Euphrosina Pertl (rechts). Mozarts Mutter Anna Maria, geborene Pertl, ist auf dem Friedhof Saint Eustache in Paris begraben, nicht auf diesem Friedhof in Salzburg. Hier irrt Kästner.

*Attila Hörbiger* (1896–1987)
Österreichischer Schauspieler. In Budapest geboren, siedelte er mit 7 Jahren nach Wien über. Später Heirat mit Paula Wessely. Ensemblemitglied des Wiener Burgtheaters bis 1975.

*Frieda (auch Frida) Richard* (1873–1946)
Gefeierte Schauspielerin der Stummfilm-Ära. Später auch Erfolge im Tonfilm; spielte 1945 im hochumstrittenen Film »Tiefland« von Leni Riefenstahl mit.

*Pierre-Augustin Caron de Beaumarchais* (1732–1799)
Französischer Unternehmer und Schriftsteller. Er ist vor allem bekannt als der Autor einer der meistgespielten französischen Komödien, *La folle journée, ou Le mariage de Figaro* (»Der tolle Tag oder Die Hochzeit des Figaro«), die schon bald nach ihrer Uraufführung 1784 von Da Ponte und Mozart zu der Oper *Le nozze di Figaro* (Figaros Hochzeit) verarbeitet wurde.

*Molière* (1622–1673),
Eigentlich Jean-Baptiste Poquelin, französischer Schauspieler, Theaterdirektor und Dramatiker. Seine bahnbrechende Leistung bestand darin, die Komödie zu einer der Tragödie potenziell gleichwertigen Gattung zu machen und das Theater zum Diskussionsforum auch für gesellschaftliche Probleme zu erheben.

*Karl Baedeker* (1801–1859),
Deutscher Verleger und Erfinder und Autor von Reiseführern. 1827 eröffnete er in Koblenz eine Verlagsbuchhandlung. Fünf Jahre später erwarb er dort den Verlag von Friedrich Röhling, der 1828 den ersten Rheinreiseführer herausgegeben hatte. Baedeker revolutionierte die Reiseliteratur, um die Benutzer unabhängig von Fremdenführern zu machen. Seine handlichen, im charakteristischen roten Einband gebundenen Führer zu Zielen in Deutschland, Österreich, der Schweiz, Italien und anderen europäischen Ländern festigten den Ruf der Baedeker-Reiseführer als faktenreiche, niveauvolle Reisebegleiter.

*Ferdinand Raimund* (1790–1836),
Eigentlich: Ferdinand Jakob Raimann, österreichischer Dramatiker und gemeinsam mit Johann Nestroy Hauptvertreter des Alt-Wiener Volkstheaters.

*Johann Nepomuk Eduard Ambrosius Nestroy* (1801–1862)
Österreichischer Schauspieler, Sänger, Dramatiker und Satiriker. Sein Werk kennzeichnet den literarischen Höhepunkt des Alt-Wiener Volkstheaters.